Für meine Töchter
und meinen Enkel Noah

Anne Koch-Gosejacob

Wenn die Dämmerung den Tag umfängt

Mit einem Vorwort der
Deutschen Parkinson-Vereinigung e. V.

Koch-Gosejacob, Anne
Wenn die Dämmerung den Tag umfängt
Umschlagbild von Elke Bracksieker
Geest-Verlag, Vechta-Langförden, 2010

ISBN 978-3-86685-244-0

Geest-Verlag
Lange Straße 41 a
49377 Vechta-Langförden
Tel:: 04447 / 856580
Fax: 04447 / 856581
Email:geest-verlag@t-online.de
http://www.Geest-Verlag.de

Email: a.koch-gosejacob@osnanet.de
http://www.koch-gosejacob.de

Vorwort
Deutsche Parkinson Vereinigung e. V., Bundesverband

Parkinson, eine Diagnose, die sicherlich viele Menschen zunächst einmal in Ratlosigkeit und in damit verbundene Ängste stürzt.

Eine Diagnose, die im Hinblick auf die Aussage ‚Unheilbar' ohne nähere Kenntnisse um Therapiemöglichkeiten Patienten verzagen lässt und auch bei den Angehörigen tiefe Ängste hervorruft.

Dennoch hat die Diagnose heute vieles von ihrem Schrecken verloren. Dank enormer medizinischer Fortschritte ist es gelungen, die Symptomatik dieser Erkrankung sehr positiv beeinflussen zu können und damit auch den Patienten einen Teil ihrer Lebensqualität, aber insbesondere auch ihres Lebensmutes wieder zurückzugeben. Viele Patienten finden dabei individuelle Wege, sich mit ihrer persönlichen Diagnose auseinanderzusetzen und neben einer rein medikamentösen Therapie auch im persönlichen Umgang mit Hobbys Möglichkeiten zu finden, der Erkrankung die Stirn zu bieten. Das vorliegende Buch bietet hierzu Raum, sich auch auf rein persönlicher Ebene dieser Diagnose zu nähern und damit die Möglichkeit zu bekommen, für sich persönlich als Patient, aber auch als Angehöriger Wege im Umgang mit dieser Krankheit zu finden.

Gleichzeitig liefert das Buch Anregungen, sich intensiv mit Diagnose und Therapieoptionen auseinanderzusetzen, um im Umgang mit der Erkrankung die eigenen Perspektiven abzustecken und Möglichkeiten der krankheitsbedingten Sicherung der Lebensqualität zu finden.

Wir hoffen, dass ein weiter Kreis von interessierten Patienten und Angehörigen sich durch dieses Buch angesprochen fühlt und Hilfe bei der Bewältigung der Diagnose bekommt.

RAF.-W. Mehrhoff, Geschäftsführer

In den Tränen
der Trauer
erzählt die Liebe
von unserer Hoffnung
einander wiederzusehen

*

„Mutter, deine weiße Bluse ist dreckig!"
„Ich weiß. Kommt morgen mit in die Wäsche."
„Und warum isst du mittags nur noch trockene Kartoffeln mit Salat?"
„Weil es mir schmeckt. Salat ist gesund."

Bis wir merkten, dass mit meiner Mutter etwas nicht stimmte, war schon fast ein Jahr vergangen. Ständig hatte sie passende Ausflüchte und alle erdenklichen Ausreden parat.
Im Nachhinein wurde mir klar, dass sie oft die Waschmaschine nicht mehr bedienen konnte. Genauso verhielt es sich mit dem Essen. Sie hatte einfach vergessen, wie man kocht.
„Es gibt Bohnensuppe, deinen Lieblingseintopf! Willst du auch einen Teller voll?"
„Nur ein bisschen. Hab zu Hause auch gekocht. Bei uns gibt es Kassler mit Sauerkraut und Kartoffelbrei. Ist das Lieblingsessen von Burkhard." Burkhard ist mein Mann. Mein zweiter Mann, den Mutter widerstrebend akzeptiert hatte, da er in ihren Augen nicht den richtigen Glauben besitzt. Statt katholisch, ist er evangelisch. Ein wenig ausgleichen konnte er dies mit seinem Jurastudium, denn dadurch war er vergleichbar mit dem Pfarrer oder mit dem Doktor, zu denen man aufschauen konnte.
Aus dem Küchenschrank holte ich mir einen tiefen Teller, nahm den Schöpflöffel aus der Schublade neben dem Herd, tat etwas Eintopf drauf und probierte. Es schmeckte wie Wassersuppe.

„Irgendwas fehlt an der Bohnensuppe. Hast du nicht Mettwurst oder Suppenfleisch mitgekocht?"
„Wenn du unbedingt Wurst essen willst, musst du dir ein Glas Wiener aufmachen."
Mutter hatte tatsächlich nur Kartoffeln, Bohnen, Wasser und etwas Salz zusammen vermischt und gekocht. Als Nachtisch bot sie mir Blaubeerkonfitüre mit Dosenmilch an. Eine tolle Dessertkombination.
Ich glaube, sie aß zu dieser Zeit bereits oft seltsame Zusammenstellungen oder überhaupt nichts. Das Trinken vergaß sie auch, obschon genügend Wasserflaschen bereitstanden.

Essen und Trinken bedeutet für gesunde Menschen ein Genuss, für demenzkranke Patienten aber eine Last. Hunger und Magenknurren können sie nicht richtig einordnen, vergessen zu essen. In den meisten Fällen nehmen sie dadurch – und zudem durch ihre Ruhelosigkeit, die viele Kalorien verbraucht – kontinuierlich ab. Aber das alles wusste ich zu der Zeit noch nicht.

Jetzt, bei der Rückerinnerung an diese Zeit des Umgangs mit der Demenz meiner Mutter, ist mir mein damals geführtes Tagebuch eine wichtige Hilfe. Viele Eindrücke wären sonst nicht mehr nachvollziehbar, da die emotionale Belastung in jener Zeit so hoch war, dass man selber nur noch von Tag zu Tag lebte, froh war, wieder einen Tag gemeistert zu haben.

18. Februar 2008
Das Telefon klingelte. Meine Tochter Tina war am Apparat. Sie lebte seit einiger Zeit in einem Haus, das mir gehört, und wohnte in der Parterrewohnung, Mutter in der ersten Etage. Die kleine Dachwohnung hatte ich an einen jungen Mann vermietet.
Aufgeregt berichtete mir Tina: „Oma kam zu uns in die Wohnung und bat, ich solle doch mit nach oben kommen. Als wir bei ihr im Flur standen, forderte sie mich auf, ihr sofort die schwarze Geldbörse wiederzugeben. Wie ein kleines Mädchen stand ich vor ihr, und meine Stimme zitterte, als ich sagte: ‚Ich habe sie nicht genommen, Oma!' Doch sie glaubte mir nicht. Ich habe dann in der ganzen Wohnung danach gesucht, aber die Geldbörse blieb verschwunden. Ich weiß auch nicht, wo Oma sie gelassen hat."
„Nun beruhige dich erst einmal. Vielleicht hat Oma sie beim Einkaufen verloren. Wenn wir Glück haben, findet sie jemand. Oma hat doch immer hinten einen Zettel mit ihrer Adresse drin."

Drei Tage später hatte Tina angeblich Mutters Schmerztabletten entwendet. Ich fuhr hin, um die Angelegenheit zu klären. Doch Mutter blockte ab, war wütend, drohte mit Auszug, fühlte sich in ihrer eigenen Wohnung nicht mehr sicher.
„Meine eigene Familie beklaut mich!" Vorwurfsvoll sah sie mich mit Tränen in den Augen an.
„Niemand beklaut dich, nimmt dir etwas weg. Bestimmt hast du die Tabletten woanders hingelegt und

findest sie nicht", versuchte ich, sie zu beschwichtigen. Doch sie schüttelte nur den Kopf und meinte: „Dass du immer alles besser weißt. Geh lieber, sonst reg ich mich noch mehr auf!"
Am nächsten Tag kam Mutter wieder nach unten zu meiner Tochter. Tina dachte, sie wolle sich entschuldigen. Doch weit gefehlt. Sie nahm ihre Enkelin in den Arm und flüsterte: „Ist ja nicht so schlimm, dass du die Schmerztabletten genommen hast. Ich gehe gleich zur Apotheke und kaufe mir neue."
„Ich hab dir noch nie etwas weggenommen. Wie kannst du nur so etwas behaupten." Tina war natürlich aufgebracht, gleichzeitig beleidigt, dass Oma ihr so etwas unterstellte. Sie konnte mit der Situation nicht umgehen.
Fast jeden Tag hatte Mutter etwas verloren, fand es nicht wieder und verdächtigte Tina, die mich dann umgehend anrief und mir berichtete: „Heute Morgen kam Oma schon um sieben Uhr herunter, klopfte an die Tür, und als ich öffnete, fuhr sie mich gleich an: ‚Meine Scheckkarte ist weg. Wie kannst du nur eine alte Frau, die dazu noch deine Oma ist, beklauen?' Ich ging sofort mit ihr hoch, suchte alles ab, aber vergeblich. Oma meinte, sie würde dich anrufen, denn so ginge das nicht weiter. Ich begann zu weinen, drehte mich um und ging."
„Nimm es dir nicht so zu Herzen, Kind. Ich glaube, Oma spinnt", versuchte ich sie zu trösten.
„Ich bin mal gespannt, wie der heutige Tag wird. Ob Oma noch mehr verlegt hat? Hoffentlich nicht. Meine

Gedanken drehen sich nur noch um Oma. Dass sie dort oben lebt und meint, ich stehle ihr alles, tut ganz schön weh! Dabei habe ich gedacht, ich könnte ihr das Leben im Alter so angenehm wie möglich machen. Jedenfalls hoffe ich, dass sie wenigstens essen wird. Vielleicht kann ich nachher in den Kühlschrank schauen, ob überhaupt noch was drin ist."
„Ich komme heute Nachmittag, suche die Sachen und werde mit Oma reden. Ist das in Ordnung?"
„Sicher, Mama."
Mutter stritt natürlich alles ab, behauptete steif und fest, dass Tina ihr alles wegnehmen würde. Nach langem Suchen fand ich ganz hinten im Nachtschränkchen ihre Scheckkarte. „Schau mal, was ich hier habe. Die musst du dort selber hingelegt haben." Schadenfroh hielt ich Mutter die Karte unter die Nase.
„Das kann nicht sein!", entgegnete sie zornig, riss mir die Karte aus der Hand, verschwand im Wohnzimmer, warf sich in ihren Sessel und begann laut zu weinen.
All diese Symptome kamen mir schlagartig bekannt vor. Bei meiner Tante, Mutters Schwester, hatte es auch so begonnen. Kleinigkeiten, die so langsam anfingen, dass man sie zuerst nicht registrierte, nicht wahrhaben wollte. Dreimal am Tag ging Tante Marie zum Bäcker, um Brot zu kaufen. Ihre Schwiegertochter hätte die guten Tischdecken gestohlen, und ihr Portmonee mit viel Geld wäre auch plötzlich verschwunden.
Mit meiner Mutter bin ich zur Tante gefahren. Wir haben die ganze Wohnung abgesucht und alles wiedergefunden. Das Portmonee hatte Tante Marie unter der

Waschmaschine versteckt. Auf so ein Versteck kommt man nur zufällig. Den großen Kasten mit Waschpulver hatte ich auf die Maschine gesetzt, dabei festgestellt, dass sie kippelig stand. Daher schaute ich nach, woran es lag.
Auf dem Rückweg meinte Mutter: „Wenn ich anfange zu spinnen, sagt mir bloß früh genug Bescheid."

Ich ahnte, nun war es so weit.

Am folgenden Sonntag lud Mutter meinen Mann und mich zum Mittagessen ein. Es gab panierte Schnitzel, Blumenkohl mit Holländischer Soße und Salzkartoffeln. Zum Nachtisch kredenzte sie richtigen Schokoladenpudding mit Schlagsahne. Doch die Schnitzel waren zäh, schmeckten nicht.
„Euch kann man es auch nie recht machen. Ihr seid einfach zu verwöhnt."
Als ich sie fragte, wann sie das Fleisch gekauft hätte, antwortete sie eingeschnappt: „Vor 14 Tagen, und ich habe es gleich eingefroren. Zwei Schnitzel liegen noch im Gefrierfach."
Ich stand auf, ging in die Küche und öffnete die Gefrierschranktür. Die beiden Schnitzel waren nicht in Folie verschweißt, lagen einfach flach nebeneinander im Fach und hatten Gefrierbrand. Kein Wunder, dass ihre Schnitzel trotz Sahnesoße nicht schmeckten.
Mutter war mir nachgekommen, schob mich verärgert aus der Küche und schimpfte: „Neuerdings hast du an allem etwas herumzumeckern."

Ihr Leben lang strickte Mutter für uns schöne bunte Wollsocken. Doch von heute auf morgen konnte sie sich nicht mehr erinnern, wie viele Maschen sie für den Hacken brauchte und wie er gearbeitet wurde. Sie strickte kleine viereckige Läppchen, meinte, die müssten eingenäht und die Maschen rundherum wieder aufgenommen werden.
Ich erklärte ihr, dass das unsinnig sei, wollte ihr helfen, doch sie reagierte aggressiv, wurde richtig ausfallend. „Meinst du, ich bin blöde! Ich schaffe das schon alleine. Muss doch immer alles alleine machen."
Entsetzt starrte ich sie an. War das noch meine Mutter? Wie konnte sie sich nur so verändern? Sie war doch stets ausgeglichen und rücksichtsvoll zu den Menschen in ihrer Umgebung gewesen.

Schon mit 22 Jahren war Mutter eine richtige Bäuerin geworden. Da keiner ihrer Brüder den elterlichen Hof wollte, übernahm sie ihn schließlich, musste ihn allein bewirtschaften.
Mein Vater, den sie im Krieg kennen und lieben gelernt hatte, war ein Schneider aus Wilhelmshaven. Als Großstädter hatte er keine Ahnung von Ackerbau und Viehzucht, wurde von meiner strengen Oma auch nie richtig anerkannt. Als Schwiegersohn hätte sie sich einen reichen Bauernsohn aus der Umgebung gewünscht. Zusätzlich enttäuscht war Oma, als ich Weihnachten 1946 im Schlafzimmer unseres Bauernhauses auf die Welt kam. Nicht mal einen Stammhalter brächte mein Vater zuwege.

Zwei Jahre später kam dann auch noch meine Schwester in der Osnabrücker Frauenklinik zur Welt. Damals lagen noch neun Wöchnerinnen auf einem Zimmer, die ungefähr zehn Tage miteinander auskommen mussten. Eingepackt in dicke Baumwolltücher schlummerten die Babys in ihren Bettchen im Säuglingszimmer, kamen nur zur Mutter, wenn sie gestillt wurden.
Inzwischen sind viele Jahre vergangen. Vater ist schon gestorben. Er war immer ein fröhlicher Mann, obwohl er im Krieg seinen linken Arm verloren hatte. Alle anfallenden Arbeiten erledigte er so gut es ging. Manchmal saß Vater mitten auf dem Küchentisch und nähte für einen der Nachbarn eine neue Jacke. Den Stoff klemmte er zwischen die Knie, so konnte er Futter und Knöpfe annähen. Sonntags überraschte er uns auch schon mal mit einem Topfkuchen, den er mit viel Mühe selbst gebacken hatte.
Nur wenn überhaupt nichts klappte, wenn Oma Anna wieder geschimpft hatte, dass er nicht mal den Garten umgraben könne, wurde er ungehalten, kam sich nutzlos und überflüssig vor, war mit sich und der ganzen Welt unzufrieden, sodass Mutter ihn trösten musste.
Mutter war eine stolze, selbstbewusste Frau. Von meiner Schwester kann man dies nicht behaupten. Bis zu ihrer Heirat war sie ein zartes, ängstliches Wesen. Wir beide sind sehr gegensätzlich. Alles, was ihr als Kind Angst bereitete, was sie hasste, fand ich interessant und aufregend.
Ich liebte unseren großen Wald: die lichten hohen Bäume mit dem sonnendurchfluteten Grün und das

raschelnde Laub an trüben, nebligen Herbsttagen. Wenn die Muttertiere auf unserem Hof nachts ihren Nachwuchs bekamen, war ich stets hellwach. Neugierig sah ich zu, wie Oma den quiekenden rosa Schweinchen die ersten Zähne abkniff, um so zu verhindern, dass sie beim Saugen die Mutter bissen.

Heiß und innig liebte ich die vielen verschiedenfarbigen, wuscheligen Katzenkinder mit schwarzen Knopfaugen und Samtpfoten, die regelmäßig im Mai oder Juni geboren und oft von den Katzenmüttern versteckt wurden, damit wir sie nicht finden konnten.

Auf den Wiesen rund ums Haus roch es nach frischem Heu, nach Sonne und Freiheit und wir riefen: „Mutter, stell uns die große Zinkwanne auf die Bleiche!" Als Kinder nutzten wir jede Gelegenheit, um nackig darin zu planschen.

Im Hochsommer duftete es im ganzen Haus nach Erdbeer- und Johannisbeermarmelade. Oma Anna kochte sie literweise. Der fertige rote Aufstrich kam in kleine und größere Einmachgläser. Zur Haltbarkeit streute Oma etwas Salizil obenauf, das Mutter aus der Apotheke im Dorf mitgebracht hatte. Dann nahm Oma das zugeschnittene runde Zellophanpapier, tauchte es in Wasser, legte das Stück über die dampfende Öffnung und spannte es mit einem Gummiband fest.

Auf den sorgsam aufgeklebten Schildchen wurden der Inhalt und das Herstellungsjahr vermerkt. Wir Mädchen halfen fleißig mit, brachten anschließend die abgekühlten Gläser in die große Vorratskammer. Dort sahen wir uns an, brachen in schallendes Gelächter aus

und äfften Oma nach: „Kinder, ihr wisst doch, das neue Einmachgut kommt hinten aufs Bord. Zuerst muss der Rest vom letzten Jahr gegessen werden."
Wenn der Herbst ins Land zog, die Tage kürzer und dunkler wurden, kroch der Duft von abgelagertem Eichenholz, das lodernd im Kamin knisterte, durchs Haus. Im Backofen brutzelten leckere Bratäpfel. Mutter strickte warme Wollsocken, und Oma erzählte uns Kindern spannende Geschichten von früher, während Opa Ackergeräte ausbesserte. Vater half ihm dabei, gab sich redlich Mühe.
Im Januar fiel gnadenlos die Kälte ins Haus ein. Es begann mit vielen bizarren Eisblumen am Fenster und klammen Federbetten. Wenn wir morgens die vereisten Fensterscheiben anhauchten, um nachzusehen, wie viel es geschneit hatte, gefror fast der eigene Atem.
Ein einsames Bauernhaus, bedeckt von einer dicken, wärmenden Schneedecke.
Im März sah man die kleinen, gelben Blüten des Huflattichs an den steinigen, noch kargen Wegrändern ihren Kopf zu den ersten warmen Sonnenstrahlen hochrecken.
Neues Leben begann. Viel Arbeit wartete jetzt auf Mutter. Das Pferd musste eingespannt, der Acker umgepflügt, geeggt und anschließend mit Korn eingesät werden. Vorgekeimte Früh- und Herbstkartoffeln warteten darauf, dass sie in die Erde kamen.
Fast alles musste Mutter allein bewältigen, doch irgendwann schaffte sie es nicht mehr. Es musste eine Lösung gefunden werden. Das Anwesen wurde ver-

kauft, und wir zogen in ein neuerbautes Haus mitten im Dorf. Quadratisch, praktisch, gut. Der Kaufmann, die Kirche, die Schule, alles war in der Nähe. Alles war anders. Alles roch anders. War neu!

Irgendwann, nach vier Wochen, nach vier Monaten, schlenderte ich unbewusst, einer alten Gewohnheit folgend, den früheren Schulweg entlang. Ich spürte ein Zerren und Ziehen in der Brust, hatte Sehnsucht, Heimweh nach meinem ehemaligen Zuhause.

Am Ziel angelangt, wurde ich von der älteren Bäuerin hineingebeten. Ich sah mich um. Nichts war mehr wie früher ... Keine blankgeputzten Böden, keine saubere Tischdecke, keine Blumen in der Vase. Das zuckersüße Marmeladenbrot, das man mir anbot, wurde umschwärmt von vielen dicken Fliegen, die den langen, klebrigen Fliegenfänger verschmähten, der mitten über dem Tisch hing. Eklig!

Schlagartig war meine Sehnsucht gestillt, geheilt. Dies war nicht mehr meine Heimat. Ich begriff: Mein neues Zuhause war da, wo meine Familie, wo meine Mutter lebte.

War ich jetzt die Mutter meiner Mutter? Waren unsere angestammten Rollen vertauscht worden? Musste ich jetzt dauernd auf sie aufpassen? Ihr gut gemeinte Ratschläge geben, damit sie ihr Leben, ihren Alltag besser in den Griff bekam? Eine komische Situation, die mir so manche Nacht den Schlaf raubte.

Trotz Verbot meinerseits – konnte ich Mutter überhaupt etwas verbieten? – und ohne ihren Rollator, den

sie sonst immer zum Einkaufen mitnahm, fuhr Mutter heimlich mit dem gelben Überlandbus in die Stadt.
„Was soll mir denn passieren? Wenn ich falle, heben mich die Leute schon wieder auf." Tolle Einstellung, und das bei starker Osteoporose! Ein paar einfache bunte Kindersocken und die neue blaue Strumpfwolle, die sie schließlich mitbrachte, gab es auch im Dorf zu kaufen.
„Die arme alte Frau musste ganz allein mit dem Bus zur Stadt fahren, dabei haben Kinder und Enkel ein Auto", bekam ich Tage später über Umwege von den Nachbarn zu hören. Wenn ich versuchte, die Sachlage zu erklären, lächelten sie nur vielsagend.

In der nächsten Woche musste ich für ein paar Tage ins Krankenhaus. Aus einer Niere, in der sich eine winzige Verdickung befand, sollte eine Gewebeprobe entnommen und auf Krebs untersucht werden, da der behandelnde Arzt auf dem Ultraschallbild nicht erkennen konnte, ob es gut- oder bösartig war. Erforderlich für den Eingriff war eine Vollnarkose.
Am Tag zuvor besuchte ich Mutter. Freundlich begrüßte sie mich und wir gingen ins Wohnzimmer. Ich setzte mich gemütlich in den Sessel und erwartete das Gleiche auch von ihr. Doch Mutter begann, ihre gelben Begonien und weißen Alpenveilchen auf der Fensterbank zu gießen. Zwischendurch zupfte sie welke Blüten und vertrocknete Blätter ab, brachte alles in Ordnung.
„Mutter, kannst du dich nicht für einen Moment zu mir setzen? Du weißt doch, ich muss morgen ins Kranken-

haus." Sie reagierte nicht. „Hast du nicht gehört, ich muss morgen ins Krankenhaus."

„Ja, ja. Wird wohl nicht so schlimm sein. Nun stör mich nicht. Ich hab zu tun!" Mutter beachtete mich nicht weiter, ging in die Küche und holte sich neues Gießwasser.

Seltsame Reaktion! War ich für sie nicht von Bedeutung? War ich überflüssig? Was war, wenn bei dem Eingriff etwas schiefging, wenn sie mich nicht mehr wiedersehen würde? Sie war doch meine Mutter. Eine Mutter, von der ich erwartet hatte, sie würde mir Mut zusprechen und mich in den Arm nehmen. Aber wenn ihr ihre Blumen wichtiger waren – bitte sehr!

Eingeschnappt rief ich in Richtung Küche: „Ich gehe jetzt. Auf Wiedersehen, Mutter!" Mit lautem Knall zog ich die schwere Etagentür hinter mir zu.

Sobald ich aus dem Krankenhaus kam, musste ich unbedingt mit Mutters Hausarzt sprechen. So ging das nicht weiter. Und zur Bank muss ich auch, überlegte ich. Mir war aufgefallen, dass sie in der letzten Zeit zu Geld überhaupt kein Verhältnis mehr hatte. Jede noch so hohe Spendenanfrage wurde umgehend erfüllt. Alle möglichen Elektrogeräte, wie zum Beispiel Massagekissen oder Sprudeleinlagen für die Badewanne – eine Art Whirlpool –, ließ sie sich von fliegenden Händlern an der Haustür andrehen. Die Sachen wurden ausprobiert, einmal benutzt, als nicht brauchbar befunden und in den Keller befördert, gerieten dort nach und nach in Vergessenheit. Mit Trinkgeldern war sie neuer-

dings auch sehr großzügig. Ihre Friseuse bekam vier bis fünf Euro. „Was sind denn schon fünf Mark. Gönnst du es ihr nicht?", entgegnete sie mir auf eine entsprechende Anmerkung.
„Die Mark gibt es schon lange nicht mehr. Und fünf Euro sind früher zehn Mark gewesen. Sonst hast du höchstens zwei Mark gegeben."
„Mit meinem Geld kann ich machen, was ich will!"
„Sollst du auch, aber es muss Grenzen geben."

Während ich im Krankenhaus lag, fuhr mein Mann mit Mutter zum Augenarzt, weil sie angeblich schlecht sehen konnte. Mutter fand natürlich ihre Krankenkassenkarte nicht. Die hätte ihr jemand weggenommen. Wahrscheinlich würde es einer aus der Familie machen, um sie zu ärgern. Schließlich fuhren sie ohne Karte zum Arzt.
Mein Mann versprach der Arzthelferin, eine neue Krankenkassenkarte zu beantragen und sie nachzureichen. Das Testergebnis vom Arzt lautete: „Mit ihren Augen ist alles in Ordnung."

Trotz leichter Narkose waren die Untersuchungen im Krankenhaus sehr unangenehm für mich. Eine Sonde wurde durch die Blase bis in die Niere hochgeschoben, eine winzige Probe abgenommen und ins Labor geschickt. Ob irgendwelche Bakterien oder Keime dabei in den Körper drangen? Ich weiß es nicht. Jedenfalls bekam ich nach der Operation hohes Fieber, musste morgens, mittags und abends Antibiotika schlucken

und eine Woche länger im Krankenhaus bleiben als geplant. Manchmal dachte ich in jenen Tagen, ich würde das Ganze nicht überleben.
Nachts konnte ich nicht schlafen, und wenn doch, dann hatte ich Albträume. Tisch und Stühle rückten Stück für Stück vor bis zum Bett. Das kratzende, schabende Geräusch auf dem Fußboden wirkte bedrohlich. Ich versuchte, aus dem Bett zu springen, aber es ging nicht. Wie erstarrt lag ich da, während sich Tisch und Stühle langsam über mich beugten. Wollten sie mich erdrücken, wollten sie mich umbringen? Ich bekam Angst, wurde von meinem eigenen Herzklopfen wach, fuhr schweißgebadet hoch, knipste die Nachttischlampe an und stellte fest, dass Tisch und Stühle auf ihrem angestammten Platz standen. Erleichtert atmete ich auf.
Doch sobald ich die Augen schloss, sah ich Gesichter vor mir. Schöne Gesichter, die sich langsam nach und nach verzerrten, zu Fratzen wurden und glühende Augen bekamen. Grauenvoll!
Unter äußerster Anstrengung öffnete ich die Augen. Das warme Licht der kleinen Lampe auf dem Nachttisch beruhigte mich allmählich.
Ob ich wegen der starken Schmerzen Morphium bekommen hatte? Löste das meine Wahnvorstellungen aus?
Vorerst traute ich mich nicht, die Augen zuzumachen. Ich war froh, als die Nachtschwester ins Zimmer kam und mir eine Schlaftablette brachte.
Zu den Mahlzeiten musste ich dicke Chlortabletten schlucken. Ich kam mir vor wie ein Schwimmbad im

Hochsommer bei voller Auslastung. Als ziemlich belastend empfand ich auch die vielen Telefonanrufe meiner Familie: „Oma hat dies, Oma hat das angestellt. Was sollen wir machen?"
Eigenartig, dass ich immer für alles verantwortlich sein sollte.

Als ich nach zehn Tagen wieder zu Hause war und es mir einigermaßen gut ging – der Labortest war Gott sei Dank positiv ausgegangen, kein Nierenkrebs –, bat ich um einen Termin bei Mutters Hausarzt.
Der Arzt war noch relativ jung, hatte vorher als Assistenzarzt im Krankenhaus gearbeitet. Vorsichtig deutete ich an, dass Mutter sich verändert hätte, vieles vergessen würde.
„In ihrem Alter doch völlig normal", war die lapidare Antwort.
„Ich möchte aber, dass Sie Mutter untersuchen."
„Gut, dann kommen Sie morgen Vormittag mit ihr vorbei."
Widerwillig stimmte Mutter zu. Der Arzt fragte nach ihrem Geburtstag, welches Jahr wir hätten und wie spät es sei. Mutter wusste alles, wirkte völlig normal, während ich mir total deplatziert vorkam.
Der Arzt verschrieb ihr Vitamin-Brausetabletten. Außerdem sollte sie viel Wasser oder frische Obstsäfte trinken. Das wäre immer gut.
Als meine Tochter ihr am nächsten Tag Mittagessen bringen wollte, sie hatte für Mutter mitgekocht, stand sie im Wohnzimmer auf der Trittleiter und putzte die

Fenster. Die Gardinen wollte sie auch noch waschen, da ja bald Ostern wäre.

Tina konnte es nicht mit ansehen, nahm die Gardinen ab, steckte sie in die Waschmaschine und hängte sie auch später wieder auf. Doch statt „Danke" meinte Mutter: „Du musst wohl sehr schlau sein, hast wieder meine Tabletten geklaut, obwohl ich sie gut weggelegt hatte. Ab jetzt brauchst du nicht mehr für mich mitkochen. Ich will nichts mehr mit dir zu tun haben!"

Von den Nachbarn bekam ich zu hören: „Die arme alte Frau muss alles selber machen, und von der Enkeltochter wird sie auch noch schikaniert." Als ich nachhakte, stellte ich fest, dass Mutter sich bei den Nachbarn ausgeweint hatte. Wie schlecht wir doch alle zu ihr seien, und dass sie mit dieser furchtbaren Situation nicht leben könne. Sie würde ihr schönes Haus verkaufen, einen Teil der Kirche vermachen und sofort ins Altenheim ziehen. Dort würde sie garantiert anständiger behandelt.

Mit viel Geduld versuchte ich, die Angelegenheit zu klären. Aber glaubten mir außenstehende Menschen? Ich war mir nicht sicher.

Ein Telefonanruf von Tina, die mir völlig aufgelöst berichtete: „Mama, stell dir vor! So gegen 23 Uhr gestern Abend stand Oma plötzlich bei mir im Flur und rief, ich hätte wieder ihre Geldbörse und zusätzlich eine schwarze Mappe mit 100 Euro geklaut. Ich solle ihr bitte sofort alles wiedergeben, da sie kein Geld mehr hätte, um am nächsten Tag einzukaufen. Notgedrun-

gen ging ich mit hoch und half ihr suchen. Sie aber meinte, dass es Quatsch wäre, ich hätte die Sachen doch in meiner Wohnung versteckt. Um nicht mit ihr zu streiten, verließ ich ohne Kommentar ihre Wohnung. Die halbe Nacht habe ich wach gelegen und über Oma nachgedacht. Bitte Mama, komm und suche nach ihren Sachen."
Natürlich fand ich alles wieder, auch die angeblich verschwundenen Kontoauszüge. Dabei stellte ich fest, dass Mutter alle paar Tage Geld abgehoben hatte. Doch wo war es geblieben?
Bei der Bank konnte ich nur etwas erreichen, wenn ich eine notarielle Vollmacht vorwies. Also musste ich mir schnellstens in der Stadt einen Termin beim Notar besorgen. Mutter überzeugte ich damit, dass ohne Vollmacht für sie später keine lebensverlängernden Maßnahmen beendet werden könnten, und bei ihrem Ableben kein Pfarrer anwesend sein würde.
Der Notar unterhielt sich mit Mutter. Stellte fest, dass sie voll zurechnungsfähig und dass der Vertrag ihre eigene Entscheidung wäre. Er reichte ihr die Urkunde, die bis über ihren Tod hinaus Gültigkeit besitzen würde, damit ich ihre Beerdigung und die weiteren Erbschaftsangelegenheiten in ihrem Sinne regeln könne. Mutter unterschrieb. Etwas krakelig, aber immerhin. Aufatmend verließ ich mit ihr die Kanzlei.

In der nächsten Woche war Mutter völlig normal, war wieder ganz die Alte, sodass man mit ihr scherzen und lachen konnte.

Doch schlagartig war es vorbei. Wütend rief sie bei mir an: „Sag bitte deiner Tochter, dass sie mich nicht mehr beklauen soll. Das Kind muss krank sein. Hat es bestimmt von der anderen Seite geerbt. Das waren doch alles Taugenichtse, verkommene Landstreicher und Quartalssäufer."

Ich war geschockt, holte ein paar Mal tief Luft und sagte: „Jetzt spinnst du wirklich! Vor etlichen Jahren hast du darum gebeten, dass wir dir sagen, wenn du spinnst. Jetzt ist es tatsächlich so weit!" Eingeschnappt legte sie auf.

Mein Mann, der das Gespräch mitbekommen hatte, fuhr zu Mutter und erklärte ihr: „Es stimmt nicht, was du sagst. Tina würde so etwas nie machen. Dafür lege ich meine Hand ins Feuer!"

„Dann pass auf, dass du dich nicht verbrennst. Außerdem: Wenn du auf ihrer Seite stehst, brauchst du meine Wohnung nicht mehr betreten!"

„Gut, dann gehe ich. Du wirst schon sehen, was du davon hast!"

Mutter rief bei meiner Schwester an, dass sie kommen müsse. Auch, wie mir später bewusst wurde, in dieser Krankheitssituation etwas Typisches, dass der Erkrankte bei den Angehörigen sehr situativ jeweils Zuwendung sucht, auch wenn man andere dadurch verletzt. Und meine Schwester und der Schwager kamen, obschon sie kurzfristig aus der Parterrewohnung ausgezogen waren, weil sie nicht mehr mit Mutter im selben Haus leben wollten, sich von ihr bevormundet fühlten.

Als Mutters nächster Termin beim Hausarzt anstand, rief ich vorher an, um die Sachlage zu klären. Mutter ging hin und bekam Risperidon verschrieben. Morgens und abends sollte sie eine halbe Tablette nehmen, damit sie ruhiger würde. Später las ich im Beipackzettel: „Der Wirkstoff dient zur Behandlung bei Realitätsverkennung, Wahnvorstellungen und Halluzinationen. Ein weiteres Einsatzgebiet sind Psychosen bei Patienten mit Demenz-Erkrankungen. Durch Risperidon werden Dopamin und Serotoninrezeptoren im zentralen Nervensystem blockiert."

In der Zeit, die Mutter beim Arzt war, durchsuchte ich ihr Schlafzimmer. Ergebnis: Verschwundene Krankenkassenkarte und Sparbücher wiedergefunden. Gut versteckt lagen sie zwischen alten Waschlappen und bunten Frotteehandtüchern.
Als ich ihr die angeblich gestohlenen Sachen später zeigte, war es ihr sichtlich peinlich. Vor allem, da ich ihr erklärte, dass es mit den anderen verschwundenen Dingen genauso sei, und ich jetzt jedes Mal alle Schränke und Schubladen gründlich durchsuchen würde.
Abends wollte sie kein Essen. Wir sollten sie in Ruhe lassen, damit sie sterben könne, da sie für nichts mehr zu gebrauchen wäre.
Als ich mich beim Arzt nach Mutter erkundigte, meinte der: „Es könnte sich bei Ihrer Mutter um eine Depression handeln. Ausgelöst durch den plötzlichen Auszug Ihrer Schwester. Sie macht sich nämlich selber Vorwür-

fe. Hätte in der Vergangenheit vielleicht vieles anders machen, die Tochter noch mehr unterstützen müssen. Jetzt hat sie Angst vor der Zukunft. Was mit dem großen Haus und dem Garten geschehen soll. Mit über 80 ist sie zu alt, alles allein zu bewältigen. Kein Wunder, dass sie nachts nicht schlafen kann, dauernd Kopfschmerzen und Herzrasen hat."
„Mit dem Haus ist inzwischen alles geregelt. Mutter hat es mir vor einem halben Jahr überschrieben. Daran kann es also nicht liegen. Ich glaube eher, der Auszug meiner Schwester hat sie geschockt. Jedenfalls lassen Äußerungen meiner Mutter darauf schließen."
Nachdenklich sah mich der Arzt an und meinte: „Es kann auch sein, dass die schwere Depression den Beginn einer Demenz ausgelöst hat, was ich nach Ihren Berichten eher vermute. Es handelt sich dabei um eine schleichende Krankheit. Alltägliche Dinge wie das Auffinden von Haustürschlüsseln oder Portmonees können nicht mehr bewältigt werden. Das Wesen des Menschen verändert sich total. Oft wird er gereizt und in vielen Fällen aggressiv und misstrauisch. Sogar Halluzinationen kommen vor. Auch glauben die Betroffenen oft, dass sie bestohlen werden."
„Ihre Erläuterungen passen genau zu Mutters Verhalten."
„Dann machen Sie sich schon mal auf was gefasst, denn die häufigste Form ist die Alzheimer-Krankheit. Sie verläuft kontinuierlich, bis zur völligen Pflegebedürftigkeit, und kann nicht geheilt werden. Die Tabletten, die ich Ihrer Mutter verschrieben habe, lindern

Depressionen und mildern gleichzeitig ihre Aggressionen. Zusätzlich habe ich ihr Schlaftabletten, Noctamin, verordnet. Davon kann sie ruhig jeden Abend eine nehmen."
Ich bedankte mich beim Arzt für seine Erläuterungen und hoffte, dass das verordnete Medikament Wirkung zeigen würde.

Im März fuhr Mutter wieder heimlich in die Stadt zum Augenarzt. Am Tag zuvor hatte sie uns mitgeteilt: „Ich weiß schließlich besser, ob ich sehen kann oder nicht."
Ich war bei einer Bekannten zum Kaffee eingeladen, wollte gerade genüsslich ein Stück Schwarzwälder-Kirschtorte essen, als mein Handy klingelte: „Oma kommt gerade aus der Stadt. Man hat sie ausgeraubt. Geldbörse und Scheckkarte sind wieder weg", schrie Tina aufgeregt ins Telefon.
„Nun beruhige dich erst einmal. Ich komme sofort. Dann sehen wir weiter."
Ich entschuldigte mich bei der Gastgeberin und fuhr umgehend zu Mutter. Die wollte sofort mit mir zur Polizei gehen und Anzeige erstatten. Auf der Bank hatte sie die Scheckkarte schon sperren lassen. Als ich Mutter fragte, wo es denn passiert wäre, schüttelte sie den Kopf, konnte sich nicht mehr daran erinnern.
„Es war ein großer stabiler Mann, das weiß ich noch ganz genau!"
Vorsichtshalber durchsuchte ich den Schlafzimmerschrank. Inzwischen hatte ich ihr Muster erkannt. Die Sachen wurden immer im Wechsel von der hinteren

zur vorderen Schranktür versteckt. Und richtig! Im vorderen Schrankteil, unter alten Strümpfen, fand ich die Geldbörse und auch die Scheckkarte.
Aus der Stadt zu Hause angekommen, hatte Mutter dort die Sachen versteckt. Als ich sie darauf ansprach, beschimpfte sie mich, sagte, ich solle sie in Ruhe lassen.
„Du bist einfach vergesslich! Aber wir beide werden das schon schaffen. Ich suche eben alles für dich wieder." Ich nahm sie in den Arm. Mutter weinte, verstand nicht, warum so etwas geschehen konnte.
„Morgen gehen wir gemeinsam zur Bank und regeln alles", tröstete ich sie.

Als ich Mutter am nächsten Tag abholen wollte, öffnete sie nicht, wollte mit uns nichts mehr zu tun haben. Sie hätte alles allein geregelt. Wäre sie ja gewöhnt.

Um neun Uhr am Sonntag klingelte das Telefon. Mutter war am Apparat. „Dank deiner Tochter kann ich heute Morgen nicht zur Kirche gehen. Nur um mich zu ärgern, hat sie meine rosa Mütze versteckt."
„Unsinn, Mutter! Wir kommen und ich suche sie für dich."
Natürlich waren alle Ampeln rot. Vor uns ein Sonntagsfahrer im dicken schwarzen Mercedes, der nicht so recht wusste, ob er auf das Gaspedal treten sollte oder nicht. Als wir ihn endlich überholen konnten, sah ich, dass es ein alter Mann mit Hut war. Bestimmt ein Bauer aus der Umgebung, der seiner Frau eine schöne

Stadtrundfahrt versprochen hatte. Genervt gab mein Mann Gas.

Als wir Mutters Wohnung betraten, ich hatte mir vorsichtshalber einen Haus- und Etagenschlüssel nachmachen lassen, lag sie angezogen auf dem Bett und klagte über starke Kopfschmerzen. Ihr Gesicht war ganz rot. Zu hoher Blutdruck? Aus der Küche holte ich das Messgerät. Etwas erhöht, aber nicht schlimm!
Die verschwundene rosa Mütze fand ich auf Anhieb und zeigte sie ihr. Mutter sah mich an, lachte hämisch und meinte: „Kein Wunder! Deine Tochter hat dir ja gesagt, wo du suchen sollst. Ihr steckt doch alle unter einer Decke."
Mein Mann fühlte sich ungerecht behandelt und schimpfte mit ihr. „Da ist die Tür, verschwinde!" Kopfschüttelnd verließ er die Wohnung und ging nach unten zu Tina.
Jetzt machte Mutter mich an: „Du bist eine schrecklich undankbare Tochter. Hätte ich dich damals bloß nicht bekommen, mir wäre viel Kummer und Ärger erspart geblieben."
Entsetzt sah ich sie an. Ihre Worte taten furchtbar weh, so, als hätte man mir ein scharfes Messer in die Brust gerammt. Dabei hatte Mutter mir erst vor einiger Zeit zum wiederholten Mal freudig erzählt, wie es war, als ich geboren wurde.
Mitten in den hektischen Vorbereitungen auf das heilige Weihnachtsfest, zwischen Bratenduft und süßen Plätzchen, sei ich am 21. Dezember auf die Welt ge-

kommen, und alle hätten sich über das ‚Fast-Christkind' gefreut.
Am ersten Weihnachtstag hätte mich die Hebamme herumgetragen, mich in Richtung geschmücktem Tannenbaum gehalten und dauernd gesagt: „Ist das nicht ein feines Mädchen." Irgendwann hätte ich angefangen zu schreien. Fürsorglich hätte mich die Hebamme an Mutters Brust gelegt, wo ich still und friedlich gleich auf Anhieb getrunken hätte.
Und nun so etwas! Wortlos drehte ich mich um und ging, wischte mit dem langen Blusenärmel meine Tränen weg.
Wie konnte man sich nur so verändern? Ich musste es wissen, wollte Antworten auf meine Frage. Abends las ich im Internet alles, was ich über Demenz finden konnte.

Demenz, Alzheimer, benannt nach Doktor Alois Alzheimer, der die Krankheit um 1905 entdeckte, ist eine neurodegenerative Erkrankung. In Deutschland leiden circa 700.000 Menschen an dieser Erkrankung, davon sind die meisten über 65 Jahre alt.
Die Betroffenen verlieren ihre Eigeninitiative. Sie vernachlässigen ihre Körperpflege, wissen nicht mehr, wie bestimmte alltägliche Verrichtungen wie Kochen, Waschmaschine bedienen, mit der Fernbedienung den Fernseher anstellen gehen. Ferner verlieren sie den sicheren Umgang mit Geld und Überweisungen.
Viele Gegenstände finden sie nicht mehr oder legen sie an ungewöhnliche Plätze – unabsichtliches Verstecken.

Sie verdächtigen andere Personen, den vermissten Gegenstand weggenommen zu haben.
Ein Streitgespräch mit Demenzkranken sollte unbedingt vermieden werden, auch wenn er eindeutig im Unrecht ist. Der Kranke fühlt sich bedroht, weil er nicht auf die Erfahrung zurückgreifen kann, dass der Streit auch wieder vorbeigeht. Dies hat er schlichtweg vergessen, es ist in seinem Gedächtnis gelöscht.
Im Umgang mit an Demenz erkrankten Menschen ist Geduld das Allerwichtigste, denn sonst hat der Kranke dauernd das Gefühl, etwas falsch gemacht zu haben, ist unzufrieden und traurig.

Die Ausführungen passten genau auf das Verhalten meiner Mutter und stimmten mich versöhnlicher. Ich druckte mir die Seite aus, um sie meiner Tochter zu geben. Der Rat, einem Kranken nie zu widersprechen, war allerdings für alle Familienangehörigen schwer umzusetzen, da wir dauernd der Ansicht waren, Mutter wollte uns absichtlich ärgern.

Die Sorge um Mutter ließ mir keine Ruhe, und so rief ich zwei Tage später bei ihr an und erkundigte mich, wie es ihr gehen würde. Sie konnte mir darauf keine Antwort geben, wusste nur, dass sie am Sonntag viel geweint hätte, weil wir so undankbar wären. Dauernd würden wir sie verunsichern und ihr das Leben zur Hölle machen.
Was sollte ich darauf antworten? Um sie abzulenken, erzählte ich ihr etwas über den Garten, über das Ro-

senbeet, das ich neu anlegen wollte. Und dass ich für den Sommer eine Reise nach England, nach Cornwall, gebucht hätte. „Das ist da, wo die kleinen romantischen Städte mit den winzigen Häfen, die schönen alten Häuser und die herrlichen Cottagegärten sind. Dort hat man auch die Rosamunde-Pilcher-Filme gedreht, die du dir immer sonntags im Fernsehen anschaust. Ich werde meine neue Digitalkamera mitnehmen und dir später die vielen Fotos zeigen."

Am ersten Ostertag war die ganze Familie bei Mutter zum Kaffee eingeladen. Vom Bäcker im Dorf hatte sie eine leckere Käsesahnetorte kommen lassen und selber einen Korb voller Ostereier bemalt.
Tina war in ihrer Wohnung geblieben, wollte nicht mehr zur Oma gehen. „Das muss ich mir zu Ostern nicht antun!" Sie konnte die ungerechten Anschuldigungen und Unterstellungen nicht mehr ertragen, obschon ich mit ihr ausführlich über Demenz gesprochen hatte. Mit der neuen Situation musste sich meine Tochter erst langsam vertraut machen.
Jedes Mal, wenn ich bei Mutter anrief, mich nach ihrem Befinden erkundigte, hatte sie keine Zeit für ein Gespräch. „Ich muss arbeiten, muss den Keller und die Wohnung in Ordnung bringen."
„Mutter, soll ich kommen und dir helfen?", dachte aber: ‚Was will sie nur in Ordnung bringen? Es ist doch alles sauber, alles aufgeräumt.'
„Brauchst du nicht. Ich muss das alleine machen, schließlich sollt ihr euch nach meinem Tod nicht mit

unnützem Krempel belasten!"", antwortete sie ablehnend.
„Schmeiß bloß nicht zu viel weg, Mutter. Du weißt, ich liebe alte Sachen!"
„Meine inzwischen viel zu weiten Kleider ziehst du bestimmt nicht an, und die vielen Einmachgläser, die im Keller stehen, brauchst du auch nicht. Ihr friert doch alles ein. Was für mich Wert hat, was Andenken sind, liegt in der Frisierkommode in der obersten Schublade, in vielen unterschiedlich großen Kästchen. Wenn du das nächste Mal kommst, zeige ich dir die Sachen. Ich habe alles beschriftet, sogar unsere ersten preiswerten Eheringe aus Messing."
„Ist in Ordnung! Aber arbeite nicht zu viel, sonst bist du total erschöpft, bist müde und kommst womöglich nicht mehr die Treppe vom Keller zu deiner Wohnung hoch."
‚Hat sie das Gefühl, dass sie sterben muss? Aber so schlecht geht es ihr doch gar nicht. Vielleicht möchte sie sich durch das Betrachten der Gegenstände, Bilder oder des Schmucks an bestimmte Zeiten, Wochen, Tage oder Stunden erinnern, schöne oder auch traurige Situationen wieder in ihr Gedächtnis zurückholen, bevor sie ganz verloren gehen.'

Wenn ich zum Beispiel das große Foto von unserem ehemaligen Bauernhof bei Mutter im Flur betrachtete, fiel mir automatisch meine Kindheit ein, lief alles wie ein spannender Film vor meinem inneren Auge ab, war alles wieder zum Greifen nah. Ein Leben ohne Erinnerungen stelle ich mir schrecklich vor. Ich hätte keine Erfahrungen und keine Gefühle auf die ich zurückgreifen könnte. Der erste zarte Kuss, Liebe, Geborgenheit, Sehnsucht und Trauer, alles wäre weg.

Neuerdings war eine jüngere Verwandte oft bei Oma. Angeblich sollte sie dieser beim Aufräumen helfen. Sie bekam wahrscheinlich etliche Gegenstände oder Geld dafür. „Das Kind ist so arm, kann sich nichts leisten."
Warum ärgerte ich mich darüber? War ich vielleicht eifersüchtig, weil ich nicht beim Aufräumen helfen durfte? Oder war ich einfach nur sauer?

Von einer Bekannten hatte ich ein Babyfon und für die Steckdose im Flur eine Leuchte bekommen, die sich bei Dämmerung selber einschaltete, sodass immer etwas Licht, Helligkeit, da war. Mutter sollte sich besser zurechtfinden, wenn sie nachts zur Toilette gehen wollte. Das Babyfon kam auf Mutters Nachttisch, der Empfänger nach unten in Tinas Schlafzimmer. So konnte sie hören, wenn Mutter nachts aufstand, konnte hören, ob sie hinfiel oder sonst etwas passierte.
Wenn unser Telefon klingelte, zuckte ich jedes Mal zusammen, dachte: ‚Bestimmt hat Mutter wieder etwas angestellt.' Und richtig! Tina berichtete mir: „Oma schließt alle Türen ab, weil letzte Nacht in ihrem Schlafzimmer fremde Menschen herumspaziert wären."
„Was macht sie?"
„Sie schließt sich komplett ein."

Als ich Mutter besuchte, stritt sie zuerst alles ab. Dann gab sie zu, dass in ihrem Schlafzimmer fremde Personen herumgelaufen wären. Wir hätten die Leute geschickt, um sie zu ärgern. Ich versuchte, ihr den Unsinn auszureden, was mir aber wohl nicht gelang.
‚Ich muss dringend mit dem Arzt sprechen, denn so kann es nicht weitergehen.'

Zu Hause fiel mir ein, dass ich im Internet gelesen hatte: *Bei Demenzkranken verschwimmt der Unterschied zwischen Traum, Vergangenheit und Realität. Im Umgang mit diesen Personen ist es oft nicht möglich, ihnen die Irrealität der Halluzinationen zu erklären.*

Telefonanruf von Mutter. Unterschwellig erklärte sie mir: „Ich habe gerade deinen Schwager angerufen. Er soll mir morgen früh die Haare waschen. Shampoo soll er auch mitbringen. Hier im Dorf kann man das Zeug nirgendwo kaufen. Du besorgst es mir ja auch nicht."
Ich schluckte. Ruhig bleiben! Tief durchatmen! „Fein, dass er dir die Haare wäscht. Bestell ihm schöne Grüße." Seufzend legte ich auf.

Samstagmorgen, 12. April, 9:30 Uhr
Mein Mann und ich waren gerade mit dem Frühstücken fertig, als wieder einmal das Telefon klingelte. „Geh du dran", bat ich ihn. „Ich will weder mit Mutter sprechen noch etwas von ihr hören."
„Dein Schwager ist am Apparat. Er will mit dir sprechen." Ich nahm den Hörer und fragte ihn, was er wolle.

„Ich soll Oma die Haare waschen, aber sie macht die Haustür nicht auf. Die Jalousien sind auch noch nicht hochgezogen. Ich warte bei meiner Tochter. Sag Bescheid, wenn ihr etwas Näheres wisst."
‚Diese Telefonanrufe machen mich noch wahnsinnig. Wieso muss ich mich immer um alles kümmern?'
Notgedrungen rief ich zuerst bei Tina an. Doch sie nahm nicht ab. Wahrscheinlich war sie mit dem Kleinen zum Einkaufen.
Eva, meine andere Tochter, war dagegen zu Hause. Sie erklärte sich sofort bereit, mit uns zu Mutter zu fahren. Eine halbe Stunde später standen wir vor ihrer Tür und läuteten Sturm. Nichts rührte sich. Natürlich hatte Mutter die Etagentür abgeschlossen und den Schlüssel von innen stecken lassen.
Mit Müh und Not konnte mein Mann mit einem Schraubenzieher den Schlüssel nach innen hereinschieben, sodass wir von außen mit dem Ersatzschlüssel aufschließen konnten. Das nächste Hindernis war die verschlossene Schlafzimmertür. Der Schlüssel ließ sich auch nach mehreren Versuchen nicht entfernen.
„Wir brechen einfach die Tür auf. Oma muss ja drin sein", meinte Eva. Sie schmiss sich so lange gegen die Tür, bis diese samt Rahmen krachend aus der Wand brach.
Das Bett war durchwühlt – aber leer. Von Mutter keine Spur. Ich rief nach ihr. Nichts! Dann vernahmen wir ein leises, klägliches Wimmern und fanden Mutter eingeklemmt zwischen Bett und Heizung am Fenster. Eva versuchte, sie hochzuheben. Zu zweit schafften wir es

endlich, legten sie ins Bett und deckten sie zu. Mutter war übersät mit blauen Flecken, hatte Schüttelfrost. Wahrscheinlich hatte sie seit Stunden dort gelegen.
Inzwischen war auch mein Schwager angekommen und saß in der Küche. Ich rief den Notarzt an, der verständigte die Feuerwehr. Irgendwie unverständlich ... Aber bitte!
Kurze Zeit später klingelte es an der Haustür. Ich öffnete und zwei junge Feuerwehrmänner kamen die Treppe hoch. Ich berichtete ihnen, was geschehen war, und führte sie ins Schlafzimmer. Sie hoben Mutters Arme und Beine an und fragten, ob ihr etwas wehtäte.
„Mir tut nichts weh", kam es zähneklappernd über ihre bläulichen Lippen.
„Okay, dann brauchen wir Sie auch nicht ins Krankenhaus zu bringen." Ehe wir uns versahen, waren die beiden Feuerwehrmänner wieder verschwunden.
Ich ging in die Küche, brühte einen Pfefferminztee auf und brachte ihn Mutter, damit ihr wieder warm würde. Irgendwie hektisch, leicht irre wanderte ihr Blick von mir zur Tasse und wieder zurück.
„Du kannst ihn ruhig trinken. Er ist nicht vergiftet", sagte ich spitz, stopfte ihr das dicke Kopfkissen in den Rücken und reichte ihr die Tasse. Etwas zögerlich schlürfte sie den gesüßten, heißen Tee.
Nachdem Mutter ausgetrunken hatte, kam wieder etwas Farbe in ihr Gesicht und die Augen wurden klarer. Sie berichtete uns, dass sie die ganze Nacht in einem großen, weichen Nest gesessen hätte. Dort sei eine riesige Fabrik gewesen, in der sie haufenweise him-

melblaue Wollfäden geschnippelt hätte. Der Ölhändler aus dem Dorf – er hatte am Tag vorher Heizöl geliefert – wäre auch dort gewesen. Verständnislos sahen wir uns an. Eva bemühte sich, ihr Lachen zu verkneifen.

Mein Schwager glaubte allerdings noch immer nicht, dass Mutter an Demenz litt. „Dass sie durcheinander ist, kommt bestimmt nur vom Sturz", meinte er beschwichtigend. „Sollt sehen, morgen geht es ihr wieder gut."

Später erkundigte sich Mutter bei meinem Mann, ob er auch die unheimlichen, dicken schwarzen Tiere mit den schrecklich langen Beinen an der Zimmerdecke gesehen hätte. Mein Mann schüttelte den Kopf, gab ihr jedoch den Rat, einfach die Augen zuzumachen. „Versuch zu schlafen. Wenn du wieder wach wirst, sind sie bestimmt verschwunden!"

Er hatte inzwischen auch begriffen, eingesehen, dass es besser war, Mutter nicht zu widersprechen.

Mutter schlief fast den ganzen Tag. Vorsichtshalber blieb ich die nächste Nacht bei ihr, quartierte mich nebenan im Gästezimmer ein.

Um drei Uhr in der Nacht wurde ich durch ein eigenartig schabendes Geräusch wach. Leise stand ich auf, tappte mit bloßen Füßen in den dunklen Flur und lugte um die Ecke.

Das konnte doch wohl nicht wahr sein! Im schummrigen Licht der Nachttischlampe riss Mutter wie in Zeitlupe Tapeten von der Wand. Einen Streifen nach dem anderen. Dann nahm sie ein paar Fetzen in die Hand und kam mir entgegen. Schnell huschte ich zurück ins Gästezimmer und wartete ab. Barfuß ging sie ins Treppenhaus, machte Licht, lief die Stufen hinunter, öffnete die schwere Haustür und trotz strömenden Regens brachte sie die Reste in den Mülleimer.

Ehe ich etwas überziehen konnte, war sie auch schon wieder zurück, ging in ihr Zimmer, zog den nassen Schlafanzug aus und lief nackt von einem Raum zum nächsten. Wahrscheinlich suchte sie die Waschmaschine.

Vorsichtig, damit sie nicht erschrak, ging ich auf sie zu, sprach sie an, nahm ihr den Schlafanzug ab und führte sie in ihr Schlafzimmer. Dort nahm ich ein sauberes Nachthemd aus dem Schrank, zog es ihr über, brachte sie ins Bett und deckte sie gut zu.

Wenig später wurde ich erneut wach. Mutter geisterte in der Küche umher und holte sich zwei Gläser Wasser ans Bett. „Ich habe Durst. Musste im Keller arbeiten. Stell dir vor, ein Raum voll mit dreckigen Kartoffeln, die ich alle waschen musste."

Diesmal schob ich einen Stuhl vors Bett und wartete, bis sie fest schlief.

Seltsamerweise war sie am nächsten Morgen schon früh wach geworden, hatte sich angezogen, stand mit Hut und Mantel vor meinem Bett und rief: „Steh auf, ich will zur Kirche!"

Erschrocken fuhr ich hoch, sah sie entgeistert an und erklärte ihr: „Das geht nicht. Du bleibst hier. Zieh deinen Mantel aus und hänge ihn wieder an die Garderobe."

„Ich will aber nicht, ich will zur Kirche!" Wütend stampfte sie mit dem Fuß auf.
„Im Fernsehen wird auch eine Messe übertragen. Setz dich ins Wohnzimmer und sieh sie dir an", sagte ich ziemlich harsch, wurde allmählich auch aggressiv, hatte genug von ihren Eskapaden.
Als ich später im Kühlschrank nachsah, was wir zu Mittag essen könnten, fand ich einen großen Topf mit Rindfleischsuppe. Ich probierte und fand, dass sie gut schmeckte. Aber leider schwammen nach genauerem Betrachten, ich dachte zuerst, es wären dicke Pfefferkörner, kleine schwarze Käfer auf der Oberfläche. Als ich Mutter darauf ansprach, meinte sie: „Weiß ich. Sind wohl im Salz. Hab schon den ganzen Schrank mit Gift ausgespritzt."
„Ohne ihn vorher auszuräumen?"
Verständnislos sah sie mich an.
Tatsächlich, im Badschrank fand ich vier Dosen Fliegengift. Die Suppe schüttete ich umgehend in die Toilette. Notgedrungen musste ich anschließend den Küchenschrank auszuräumen. Alles, worin etwas krabbelte, warf ich weg. Anschließend wusch ich den ganzen Schrank mit Essigwasser aus.
Da mein Mann zu Mittag kommen wollte, ging ich nach unten und fragte Tina, ob sie noch Koteletts im Eisfach hätte. Ich hatte Glück! Kartoffeln waren auch noch genug da und eine Dose Erbsen fand ich im Kühlschrank.
Nach dem Essen wollte Mutter mir beim Abwasch helfen und das Geschirr abtrocknen. Sie wusste allerdings

nicht, wo sie die Teller hinstellen sollte. In den Kühlschrank? In den Backofen? Ich ließ sie suchen. Endlich fand sie den richtigen Schrank.

Den ganzen Nachmittag über schlief Mutter. Schließlich weckte ich sie und half ihr beim Anziehen. Dann gingen wir zusammen ins Wohnzimmer. Mutter setzte sich in ihren zartgrünen Veloursessel ans Fenster, zog die Spitzengardine etwas zur Seite und blickte gedankenverloren nach draußen. Nach einiger Zeit drehte sie sich zu mir um und meinte: „Am Montag werde ich einen Termin beim Neurologen vereinbaren. Irgendetwas stimmt nicht in meinem Kopf."
„Eine gute Idee. Er kann genau feststellen, was dir fehlt, und dir vielleicht ein beruhigendes Medikament verschreiben, denn manchmal bist du ganz schön aufbrausend und zickig."
Ungläubig sah Mutter mich an, dann murmelte sie: „Es tut mir leid."
„Entschuldigung angenommen. Ich glaube, es liegt daran, dass du so vergesslich bist, und diese komischen Sachen, die hast du nur geträumt."
Doch damit gab sie sich nicht zufrieden. Sie dachte lange darüber nach, bis sie schließlich sagte: „Ich habe tatsächlich in der riesigen Fabrikhalle gearbeitet. Musste diese fusseligen himmelblauen Wollfäden zerschneiden."
„Nein, nein! Das war nur ein Traum. Die blaue Wolle liegt doch vor dir auf der Fensterbank. Erinnere dich, letzte Woche, da hast du die Fäden von den fertigen

Socken verstopft und anschließend abgeschnitten!" Ich redete ihr gut zu, nahm sie in den Arm und streichelte sie. Mutter weinte und auch mir kamen die Tränen.
Um 22 Uhr ging sie ins Bett. Ich blieb im Wohnzimmer sitzen und las bis ungefähr ein Uhr. Dann ging ich auch ins Bett. Mutter schlief tief und fest, schnarchte, als wolle sie einem Sägewerk Konkurrenz machen.

Um sieben Uhr klingelte mein Wecker. Verschlafen stand ich auf, zog mich rasch an und blinzelte um die Ecke in Mutters Schlafzimmer. Sie lag nicht im Bett. In meinem Kopf schrillten Alarmglocken. Schlagartig war ich hellwach und suchte sie. Ich fand sie an der gleichen Stelle wie vor zwei Tagen. Kopf unterm Bett, Füße unter der Heizung verklemmt.
Sie sah so bleich aus. War sie tot? Ängstlich berührte ich sie. Eiskalt, aber sie lebte. Ich atmete auf.
Ohne lange zu überlegen, stieg ich über sie hinweg, holte tief Luft, umfasste sie – sie schrie auf –, hob sie hoch und konnte sie, bevor wir beide umkippten, auf die Bettkante setzen.
Sie war völlig durcheinander, redete nur wirres Zeug und war extrem unterkühlt. Nachthemd, Bett, Matratze, Teppichboden, alles voller Urin. Über die nasse Matratze legte ich eine Decke. Irgendwie schaffte ich es, Mutter ins Bett zu bekommen und zuzudecken.
Inzwischen war Tina hochgekommen, weil sie mir mitteilen wollte, dass die Heizung nicht funktionierte, dass aus der Dusche nur kaltes Wasser käme. Erschro-

cken half sie mir, Mutter ein trockenes Nachthemd anzuziehen und sie mit dem Oberbett dick einzumummeln.

Während Tina vom Handy aus die Heizungsfirma anrief, telefonierte ich mit dem Hausarzt. Der war kurz vor acht Uhr da, und ich bekam für Mutter eine Einweisung ins Krankenhaus. Es könnte ja sein, dass sie sich Knochenbrüche zugezogen hätte. Ich rief den Krankentransport an und suchte ihre Krankenkassenkarte.

Auf einer Trage brachten die Sanitäter Mutter nach unten in den Wagen. Ich stieg mit ein, setzte mich zu ihr und redete beruhigend auf sie ein, da sie apathisch nach Luft schnappte, zwischendurch angstvoll nach draußen blickte.

Auf der Unfallstation wurde Mutter kurz untersucht und dann umgehend zum Röntgen gebracht. Während ich wartete, befragte mich die Schwester für ihren Bericht nach dem Unfallhergang. Ich erzählte ihr, was in den letzten Tagen geschehen war.

„Wahnhafte Störungen gibt es besonders bei der Lewy-Body-Demenz, das ist eine Demenzform beim Parkinson-Syndrom", erklärte mir die Schwester. „Typischerweise sehen die Betroffenen in der Dämmerung nicht anwesende Personen, mit denen sie sogar reden. Später sehen sie Tiere, Muster an den Wänden und Staubfusseln, die zu riesigen bunten Fabelwesen werden. Oft erleben sie sogar bedrohliche Situationen, wollen weglaufen, finden aber vor lauter Angst keine Tür."

„So wird es bei Mutter wohl auch gewesen sein", meinte ich nachdenklich.
Als der Pfleger mit Mutter vom Röntgen zurückkam, teilte mir der behandelnde Arzt das Ergebnis mit: „Gebrochen ist nichts, nur starke Prellungen. Am rechten Unterarm hat sie sich die Haut abgeschürft, aber sie empfindet es als nicht schlimm, fühlt den Schmerz nicht."

Der Arzt war sehr nett. Er erklärte mir, dass Demenzkranke nachtaktive Menschen seien, meistens in der frühen Morgenzeit herumgeistern würden. „Falls Sie selber die Pflege übernehmen wollen, müssen Sie am Tag schlafen und nachts wach bleiben. Das allerdings hält keiner lange aus. Am Ende bleibt nur noch das Pflegeheim. Am besten eins in Ihrer Nähe, denn zu Anfang fahren Sie noch jeden Tag hin, dann immer weniger. Und wenn es weiter weg liegt, höchstens einmal im Monat."
Ich hatte ein komisches Gefühl im Bauch, so, als ob mir gleich übel würde, und begann zu weinen, konnte gar nicht mehr aufhören. So hatte ich mir meinen Vorruhestand nicht vorgestellt. Ich hatte aufgehört zu arbeiten, um mehr Zeit für meine Freunde, meinen Garten und meine Hobbys zu haben, war froh, dem Stress im Geschäft entkommen zu sein – und nun so etwas. Darauf war ich wirklich nicht vorbereitet. Es war wie ein heftiger Schlag in die Magengrube.
Die Schwester brachte mir ein Glas Wasser, versuchte, mich zu trösten. Nur langsam beruhigte ich mich, es

war alles ein bisschen viel auf einmal gewesen. Plötzlich knurrte mein Magen und erinnerte mich daran, dass ich noch nichts gegessen hatte. Als ich auf meine Armbanduhr schaute, stellte ich fest, dass es schon kurz nach zwölf Uhr war.
Der Arzt hatte Mitleid mit mir. Mutter durfte eine Woche im Krankenhaus bleiben.
„Sie haben echt Glück. Der Arzt hat selber eine demenzkranke Mutter. Er weiß, wie das ist." Mitfühlend nahm mich die Schwester in den Arm. Ich berichtete ihr, dass Mutter die Tapeten in ihrem Schlafzimmer abgerissen hätte, und wir erst renovieren müssten, ehe sie nach Hause könne.
„Kein Problem. Wir haben eine Sozialstation, die kümmert sich um alles, auch um eine Kurzzeitpflege im Altenheim. Am besten ein Heim in Ihrer Nähe, dann können Sie Ihre Mutter jederzeit besuchen."

Nach einer Stunde Wartezeit bekam Mutter ein Bett in einem Zimmer im obersten Stockwerk. Ich brachte ihre Frotteehandtücher und Waschutensilien ins Bad, legte die Wäsche in den Schrank und verabschiedete mich. Die Sozialstation befand sich im Erdgeschoss. Eine hilfsbereite Mitarbeiterin half mir dort, alle Anträge ordnungsgemäß auszufüllen.
Sie meinte, dass ich für Mutter wahrscheinlich die Pflegestufe 1 bekäme, somit auch nur einen kleinen Teil zur Kurzzeitpflege zuzahlen müsse. Eine Kopie des Vertrags würde sie umgehend zum Seniorenheim, einem Heim direkt gegenüber unserer Wohnung, schicken.

Vom Telefon im Flur aus rief ich meinen Mann an, damit er mich abholen käme.

Auf der Fahrt nach Hause berichtete er mir, was sich in der Zwischenzeit ereignet hatte. „Die Heizungsfirma war da und hat festgestellt, dass im Keller der Ofen nicht anspringt, dass deshalb kein heißes Wasser da ist. Der Schornstein sitzt zu, dadurch funktioniert die Frischluftzufuhr nicht. Der ganze Keller war schon voll Kohlenmonoxid. Wir hätten daran ersticken können. Jetzt ist der Schornsteinfeger da, um den Kamin zu reinigen."

‚Wenn, dann kommt alles auf einmal!', dachte ich und schloss für einen Moment die Augen.

„Ist dir nicht gut, du bist so blass?" Die Stimme meines Mannes klang sehr besorgt.

„Der Schock von heute Morgen sitzt mir immer noch in den Gliedern. Außerdem habe ich Hunger. Wenn wir bei Tina sind, muss ich erst einmal eine Scheibe Brot essen."

Natürlich wollte meine Tochter zuerst wissen, wie es Oma ginge, ob mit ihr soweit alles in Ordnung sei und ob man sie besuchen könne.

Als ich in den Keller ging, um nachzusehen, wie weit der Schornsteinfeger war, musste mein dreijähriger Enkel, Noah, unbedingt mit. Mama Tina hatte ihm erzählt: „Es bringt Glück, wenn man den schwarzen Mann anfasst." Natürlich konnte er sich so eine spannende und aufregende Sache nicht entgehen lassen.

Im dunklen Keller angekommen, hatte ihn der Mut verlassen. Ich musste den schwarzen Mann fragen, ob

Noah ihn einmal anfassen dürfe. Schmunzelnd stellte sich der Schornsteinfeger gerade hin. Zaghaft strich mein Enkel über das nach Ruß stinkende Hosenbein, während er sich mit der anderen Hand fest an mich klammerte.

In Gedanken stellte ich einen Vergleich an: ‚Heute Morgen die abgemagerte alte Frau, die versuchte, ihre schlaffen Arme um mich zu legen, und hier das gesunde kleine Kind, das sich mit all seiner Kraft an mir festhielt.'

Inzwischen war ein großer Karton mit vielen kleinen Ästen und Stöckchen gefüllt, die der Schornsteinfeger aus dem Schornstein beziehungsweise aus dem Luftschacht herausgeholt hatte.

„Was ist das?" Entsetzt zeigte mein Enkel auf den großen, schwarzen Vogel, der neben dem Karton lag.

„Eine tote Dohle!", antwortete der Schornsteinfeger und mehr zu mir gewandt: „Der Grund des ganzen Missgeschicks. Sie hat versucht, oben auf dem Schornstein ihr Nest zu bauen." Damit so etwas nicht noch einmal passieren konnte, befestigte er ein Gitter auf dem Schornstein.

Zu meinem Leidwesen musste ich jetzt auch noch eine Beerdigung organisieren. Die große, schwarze Dohle kam in einen alten Schuhkarton mit viel Watte und musste mit einem weichen Tempotaschentuch zugedeckt werden, bevor der Deckel drauf kam. In Begleitung des Enkels begrub mein Mann das Tier unter dem Pflaumenbaum hinten im Garten. Aus dem Vorgarten durfte Noah sich ein blaues Vergissmeinnicht ausbuddeln und auf das kleine Grab pflanzen. Schließlich, so wusste er, hatte unser Familiengrab auf dem Friedhof auch schöne Blumen, die er zusammen mit seiner Mutter bei der vor Kurzem herrschenden Hitze begossen hatte.

Um 15 Uhr Termin beim Orthopäden, mein rechter Fuß war entzündet. Doch das Wartezimmer war voll mit Patienten und ich musste mich gedulden. Endlich: röntgen und Einlagen ausmessen. Die Creme gegen Schmerzen gab es leider nicht auf Rezept. Wäre auch zu großzügig gewesen.
Jetzt musste ich noch den Einkauf für Mutter erledigen: ein rosa Nachthemd, passendes Bettjäckchen und Schlüpfer fürs Krankenhaus.

Freudestrahlend empfing Mutter mich. Sie wirkte völlig normal. Komisch. Spannen wir? Ich hatte das Gefühl, als schauten mich ihre Zimmergenossinnen und die Krankenschwester mitleidig an.
Nach einer halben Stunde verabschiedete ich mich und war froh, als ich endlich zu Hause war, die Füße hochlegen und mich entspannen konnte. So einen stressigen Tag wollte ich nicht noch einmal erleben. Ich fühlte mich zu alt dafür.

Als ich am nächsten Morgen aufwachte, tat mir der Rücken weh. Stress oder echter Schmerz? Echter Schmerz! Mutter hochzuheben war für mich zu schwer gewesen, da sie wie ein nasser Sack an mir gehangen

hatte. Mein Hausarzt verpasste mir eine Spritze in den Rücken. Es tat zwar weh – aber Hauptsache, es half!
Nachmittags besuchte ich Mutter. Es ging ihr so weit ganz gut, nur das Krankenhausessen schmeckte ihr nicht, es wäre zu fade. Und diese komischen bunt bedruckten Früchtequarkbecher wären auch nichts für sie.
Als ich Mutter nach dem Schlüssel für ihr Schließfach bei der Sparkasse befragte, antwortete sie, dass sie so einen noch nie besessen hätte.
„Doch Mutter, du hast einen. Aber wo?"
Es blieb mir nichts anderes übrig, als anschließend ihre ganze Wohnung auf den Kopf zu stellen. Den Schlüssel fand ich in einem Briefumschlag, festgeklebt unter der Schublade in der Frisierkommode. Kein Wunder, dass die sich nie richtig schließen ließ.
Ich fuhr zur Sparkasse und der Leiter händigte mir den Inhalt aus, bedankte sich bei mir. Sie hätten sonst einen Klempner bestellen müssen, der das Schließfach hätte aufbohren müssen. Die Rechnung aber hätte Mutter bekommen.

An einem der nächsten Tage fuhr ich mit meinem Mann nach Nordhorn. Wir mussten das Grab seiner Eltern neu bepflanzen. Das ist immer sehr schwierig, da es unter hohen Buchenbäumen liegt. Bislang haben wir noch keine Staude oder Blume gefunden, die dort für längere Zeit wachsen würde. Im Frühjahr gibt es dort viel Sonne, im Sommer Schatten und im Herbst haufenweise Laub.

Als wir gerade wieder zu Hause waren, rief eine Angestellte aus der Sozialstation des Krankenhauses an: „Ihre Mutter wird am Freitag entlassen. Der Arzt hat für sie die Pflegestufe 1 beantragt."

Notgedrungen musste ich zu Mutters Wohnung fahren, um für sie Kleidung zu holen. Keine leichte Aufgabe, denn fast alles war schmutzig, was uns vorher nie aufgefallen war. Mutter hatte ihre ‚Unzulänglichkeiten' immer geschickt überspielt.

Es blieb mir nichts anderes übrig, als alles in blaue Müllsäcke zu packen, mit nach Hause zu nehmen und zu waschen. Eine Heidenarbeit! Anschließend alles bügeln und lose Knöpfe annähen. An Strickjacken und Pullovern mussten die Ärmel gekürzt, Sommerhosen enger gemacht und in den Blusen größere Knopflöcher eingearbeitet werden, damit es für sie leichter zu knöpfen war.

Wenn man bedenkt, dass sie sich früher stets schick und elegant gekleidet hatte! Wie konnte sie mit einem Mal nur so schludrig herumlaufen? War ihr alles egal geworden?

Der nächste Akt: Mutters Personalausweis suchen. Bei der Rücksprache mit ihr bekam ich zu hören: „So etwas habe ich noch nie besessen."

„Kann nicht sein. Einen Personalausweis hat jeder. Du auch!"

Wieder stellte ich die ganze Wohnung auf den Kopf, aber der Ausweis blieb verschwunden.

Am 18. April wurde Mutter aus dem Krankenhaus entlassen. Wir erzählten ihr, dass sie zur Nachsorge (Kurzzeitpflege) ins ‚Seniorenheim' müsse. Gott sei Dank klappte alles problemlos. Mutter bekam ein Einzelzimmer mit Fernseher und Blick in den schönen kleinen Garten.
Als mein Mann ihr am nächsten Morgen die Tageszeitung brachte, sagte sie zu ihm: „Nett, dass du extra nach Wilhelmshaven kommst, um mich zu besuchen."
„Aber Mutter, du bist hier in Osnabrück, und wir wohnen direkt gegenüber vom Heim. Gestern haben wir dir doch alles gezeigt!" Sie schüttelte den Kopf, glaubte ihm nicht. Was gestern war, war aus ihrem Gedächtnis entschwunden – oder auch niemals abgespeichert worden.
Gegen Abend besuchte ich Mutter. Sie hatte schon gegessen, lag im Bett und freute sich über meinen Besuch. Sie war völlig klar, und ich konnte mich ganz normal mit ihr unterhalten.
Mutter bestand sogar darauf, dass ich ihr beim nächsten Besuch Geld mitbrächte, damit sie den Pflegerinnen etwas geben könnte.

Sonntagvormittag waren Schwester und Schwager bei Mutter und schenkten ihr einen schönen Strauß Tulpen. Gegen Abend besuchte ich sie. Wir unterhielten uns über früher, über den langen Schulweg, den meine Schwester und auch ich, bis ich zehn Jahre alt war, anschließend zogen wir nach Bissendorf, bewältigen mussten.

„Ich hatte Angst", sagte Mutter plötzlich.
Erstaunt sah ich sie an. „Wann hattest du Angst? Als du ein Kind warst?"
„Das auch. Ich meine aber, bevor ich ins Krankenhaus kam."
„Und warum hattest du Angst?"
„Ein großer schwarzer Hund war hinter mir her, wollte mich beißen. Ich bin ganz schnell gelaufen. Dann bin ich über irgendetwas gestolpert und hingefallen."
„Und dabei hast du dir den Arm aufgeschrammt?"
Mutter nickte, schob den Blusenärmel hoch, um mir die Wunde zu zeigen, von der aber inzwischen nicht mehr viel zu sehen war.
Vielleicht hatte sie in der Nacht, als sie gefallen war, tatsächlich von ihrer Schulzeit geträumt. Ich erinnerte mich in diesem Moment ihrer Geschichten, die sie mir einmal erzählt hatte.

Als Schulkind stand Mutter in unserem Heimatdorf bei Dierkers und traute sich nicht, an deren Hof vorbeizugehen, da der kleine weiße Spitz laut kläffend hin und her lief. Schaffte sie es schließlich doch, an dem Spitz vorbeizukommen, kam das nächste Hindernis: der große Schäferhund vom Glindmeierhof, ein junger Rüde, der an der langen Kette zerrte und riss, aber nur spielen wollte. Vor lauter Angst sah Mutter alle Kettenglieder in tausend Stücke zerspringen und den Hund zähnefletschend vor sich stehen. Sie holte dann stets tief Luft, rannte los und kam völlig durchschwitzt in der Schule an.

Auf dem Rückweg ging sie lieber durch den alten Steinbruch, weiter über die eingezäunte Kuhwiese und passte dabei auf, dass Goldkühlers Hund nicht plötzlich angesaust kam, der immer hinter den Wildkaninchen her war.

So war das über ihre ganze Schulzeit gegangen. Kein Wunder, dass Mutter noch immer Albträume hatte und oft überängstlich auf Hunde reagierte. Die einzige Hunderasse, die sie mochte, waren Pudel, die sie oft mit Plüschtieren verglich.

Jeden Morgen brachte mein Mann die Tageszeitung zu Mutter, weil sie sich vor allem für die Todesanzeigen interessierte. „Die meisten sind in meinem Alter. Bald bin ich auch dran", gab sie zu bedenken.
Nachmittags fuhren wir zu ihrer Wohnung, reparierten den Türrahmen, setzten die Schlafzimmertür wieder ein, strichen und tapezierten das Zimmer. Tagelang vorher hatte ich nach einer ähnlichen Tapete gesucht, damit wir nur die eine Wand und nicht das ganze Zimmer erneuern mussten.
Anschließend wurde überall gründlich sauber gemacht und der stinkende, graue Teppichläufer entsorgt. Vielleicht war sie ja im Dunklen über den gestolpert und hingefallen. Kein Licht anzumachen, begründete sie übrigens immer mit Stromersparnis.
Mutter jammerte stets, dass sie viel zu wenig Geld zur Verfügung hätte und an Kleidung, Waschpulver, Lebensmitteln und anderen Sachen sparen müsste. So

recht konnte ich es nicht glauben. Schließlich bekam sie die eigene und nach Vaters Tod zusätzlich eine gute Witwenrente. Wo blieb das ganze Geld? Als ich ihr einmal erklärte, dass ich durch meinen Vorruhestand 18 Prozent weniger Rente ausgezahlt bekäme, lachte sie nur und meinte: „Du hast ja noch einen Ehemann, der für dich aufkommen muss."
Später habe ich anhand von Kontoauszügen festgestellt, dass sie einigen Menschen in der Verwandtschaft oft Geld gegeben und sogar feste Kosten dauerhaft übernommen hatte.

Immer noch war Mutter der Meinung, sie wäre in Wilhelmshaven und nicht im Seniorenheim. Sie wollte sich auch partout nicht davon abbringen lassen. Auch passte es ihr nicht, dass sie im Speiseraum essen sollte. „Dort sind alles Bekloppte und senile Alte!"
Ich musste grinsen, äußerte mich aber lieber nicht dazu.
Laufen und langes Sitzen war anstrengend für Mutter, deshalb lag sie auch die meiste Zeit auf dem Bett und schlief viel.

Am Donnerstag, dem 24. April holten wir sie aus dem Seniorenheim ab und brachten sie wieder nach Hause in ihre Wohnung. Dort fühlte sie sich aber plötzlich unwohl. Möbel, Tapeten, Gardinen und Teppiche, alles kam ihr eigenartig und verändert vor.
Ich glaube, sie wäre am liebsten wieder zurück ins Seniorenheim gegangen. Dort hatte sie sich inzwischen

zu Hause gefühlt. Vielleicht hätte ich das umgehend in die Wege leiten sollen ...
Tina hatte inzwischen Mitleid mit Oma und wollte wieder für sie kochen, tagsüber ab und zu nach ihr schauen, ihr beim Ausziehen und beim Ins-Bett-Gehen helfen. Da sie noch im Mutterschutz wäre und nicht arbeiten müsse, hätte sie so wenigstens eine sinnvolle Beschäftigung, meinte sie.
Von Mutters Telefon rief ich bei einer Pflegedienststelle an und bat für morgen um Hilfe. Am nächsten Tag kam eine Dame von der Diakonie, um die morgendliche Pflege mit Mutter und mir zu besprechen.
„Ist alles viel zu teuer!", schimpfte Mutter.
„Umsonst arbeitet niemand, nicht mal die Gemeindeschwester", bekam sie zur Antwort. Widerstrebend willigte Mutter schließlich ein.
Abends saßen wir beide im Wohnzimmer. Während Mutter sich einen Film im Fernsehen ansah, sortierte ich ihre Akten. Die Krankenkasse wollte den letzten Rentenbescheid für die Pflegeversicherung haben.
„Du brauchst gar nicht in meinen Sachen herumwühlen. So etwas habe ich noch nie bekommen."
„Doch Mutter, jeder bekommt darüber einen Nachweis."
Allmählich nervte mich ihre lapidare Antwort „So etwas habe ich nicht bekommen" auf jede Sache, die sie nicht zu finden wusste.
Bis Mitte 2006 hatte sie alles selber ordentlich abgeheftet, danach war nichts mehr zu finden. Hatte zu dieser Zeit ihre Demenz-Erkrankung bereits begonnen?

Statt des Rentenbescheids fand ich eine Arztrechnung. 2005 und 2006 hatte Mutter ihre Knochendichte messen lassen. Bedingt durch starke Osteoporose war sie innerhalb eines Jahres um 8 cm geschrumpft. Kein Wunder, dass ich ihre Hosen und Röcke kürzen musste.

Um 22 Uhr brachte ich Mutter ins Bett. Damit sie die Nacht durchschlafen konnte, gab ich ihr vorsichtshalber eine Schlaftablette. Da sie seit drei Tagen keinen Stuhlgang gehabt hatte, bat sie um ein Abführmittel. Ich wollte ihr einen Löffel voll Laktose, vom Arzt verschrieben, geben. Aber sie weigerte sich. Angeblich hatte sie so etwas noch nie bekommen. Wieder dieser mit Bestimmtheit vorgetragene Satz, der mich langsam wütend machte.

Mutter wollte ihren eigenen Tee. Ehe ich mich versah, ergriff sie die bunte Blechdose auf dem Nachttisch, öffnete sie, nahm einen großen Löffel Abführkräuter, die normalerweise aufgebrüht werden müssen, und schluckte alles. Als ich mit ihr schimpfte, meinte sie: „Ich weiß gar nicht, was du hast. Das mache ich so schon mein ganzes Leben lang."

Angewidert warf ich die Dose samt Tee in den Mülleimer und ging auch zu Bett.

Um 9 Uhr morgens kam die Pflegerin von der Diakonie. Ludmilla, eine adrette junge Russin, die einigermaßen gut Deutsch sprach. Sie holte Mutter aus dem Bett, half ihr beim Waschen, Anziehen und Kämmen, setzte sie ins Wohnzimmer und gab ihr die vom Arzt verord-

neten Tabletten in die Hand, die sie mit viel Wasser herunterschluckte.
In der Zwischenzeit kochte ich Kaffee, schmierte eine Schnitte Weißbrot mit Butter und Marmelade, brachte das Frühstück ins Wohnzimmer und stellte es so hin, dass Mutter Teller und Kaffeetasse gut erreichen konnte.
Ludmilla hatte Mutter gewogen, 55 kg, und das Gewicht in die Pflegeliste eingetragen. Dann verabschiedete sie sich von mir und rief Mutter zu: „Tschüss, bis morgen."

Etwas später bekam Mutter starke Bauchschmerzen und jammerte: „Kind, du musst sofort den Arzt holen." „Geht nicht! Heute ist Samstag. Da kommt keiner. Außerdem hast du selber Schuld. Du musstest ja unbedingt den Tee essen. So etwas macht kein Mensch. Hättest auf mich hören sollen. Jetzt musst du es eben aushalten. Manchmal denke ich, du machst so etwas nur, um mich zu ärgern." Wütend knallte ich die Wohnzimmertür hinter mir zu, ging in die Küche und brühte ihr Kamillentee auf. „Scheiß Krankheit!", rief ich laut in Richtung Wohnzimmer.
Mittags konnte Mutter endlich zur Toilette. Ergebnis: Durchfall! Kein Wunder bei der Menge Abführkräuter, die sie geschluckt hatte.
Als mein Mann nachmittags kam, befestigte er den von mir neu gekauften, abschließbaren Medizinschrank an der Wand im Gästezimmer, und zwar so hoch, dass Mutter ihn nicht öffnen konnte. Seit einer

Woche musste man ihr die Tabletten in die Hand geben. Sie nahm sonst die verkehrten oder alle auf einmal. Allein bekam sie die Einnahme nicht mehr geregelt.
In den späten Nachmittagsstunden versuchten Tina und ich, den viel zu großen Garten vom Unkraut zu befreien. Opa und Enkel spielten derweil im Sandkasten.
Gegen 18 Uhr ging ich hoch und bereitete für Mutter das Abendessen, welches sie ohne zu murren aß. Dann begab sie sich zu Bett.

Endlich konnten wir wieder nach Hause fahren. Ich nahm eine Schmerztablette für den Rücken, legte mich im Wohnzimmer aufs Sofa und schaute in den blühenden Garten. Aufatmen und entspannen! Ein langer anstrengender Tag neigte sich dem Ende zu.

Durch mangelnde Bewegung hatte Mutter dicke Beine und dicke Füße bekommen. Sie kam nicht mal mehr in ihre flauschigen Hausschuhe, trug nur noch dicke, selbst gestrickte Wollsocken. Der Hausarzt verordnete Entwässerungs-Tabletten. Sonst ging es ihr einigermaßen gut.
Morgens aß sie einen Toast mit Marmelade, mittags etwas Eintopf und abends eine halbe Schnitte Brot, dazu trank sie ein Glas Pfefferminztee.
Bedingt durch ihre Inkontinenz, musste ich für Mutter spezielle Windelhöschen aus der Apotheke besorgen, doch sie weigerte sich, die Windeln anzuziehen. „Sind viel zu teuer!", war ihre Begründung.

„Dafür sitzen sie aber besser als die billigen. Wir kaufen sie und damit basta!" Später entdeckte ich, dass sie früher offensichtlich immer ein Handtuch in den Schlüpfer gelegt hatte. Kein Wunder, dass der Sessel im Wohnzimmer oft feucht gewesen war.
Weil Mutters Beine immer noch angeschwollen waren, fuhr ich mit ihr zum Arzt. Sie bekam eine Spritze. „Wirkt garantiert", meinte die Arzthelferin. Nachteil: Trotz häufigen Windelwechseln nässte Mutter dauernd ein.
Da die Hosen jetzt oft gewaschen werden mussten, kaufte ich ihr noch ein paar Sporthosen mit Gummizug. Als Mutter die Hosen anprobierte, stellte ich fest, dass sie zu lang waren. Sie war wieder ein paar Zentimeter geschrumpft. Ich nahm die Hosen mit nach Hause, setzte mich an die Nähmaschine und machte sie eine Saumbreite kürzer.

Oft war Mutter schon aufgestanden, bevor der Pflegedienst kam.
„Du brauchst dich nicht allein aus dem zu Bett quälen. Wir bezahlen doch dafür, dass dir jemand hilft. Was ist, wenn du fällst, Oma?" Missbilligend schüttelte Tina den Kopf.
„Ich will denen doch nicht zur Last fallen. Außerdem, was soll mir denn passieren?"
Als Tina mir davon erzählte, überlegten wir gemeinsam und kamen zu dem Entschluss: Das Geld können wir sparen.
Umgehend rief ich die Dame von der Pflegedienstleitung an und erklärte ihr: „Wir helfen Mutter selber aus

dem Bett, 59 Euro im Monat, und kämmen auch ihre Haare, 85 Euro im Monat, macht zusammen 144 Euro, die wir sparen können." Widerstrebend stimmte die Pflegedienstleiterin zu.

1. Mai und Himmelfahrt
Am Nachmittag besuchte ich Mutter. „Wie geht es dir?", erkundigte ich mich.
„Meine Füße sind wieder angeschwollen."
„Morgen fahre ich mit dir zum Arzt. Er soll dir noch mal Entwässerungs-Tabletten aufschreiben."
Der Arzt verschrieb ihr Torasemid Hexal, ein harntreibendes und blutdrucksenkendes Arzneimittel. Jeden Morgen sollte sie eine Tablette unzerkaut mit etwas Flüssigkeit nehmen. ‚Hoffentlich helfen sie …'
Durch den enormen Wasserverlust nahm Mutter weiterhin ab, wog nur noch 53 kg.

An manchen Tagen war sie vollkommen klar, wirkte auch emotional ausgeglichen, ja sogar gut gelaunt. Bei schönem Sommerwetter, wie an diesem Tag, wollte sie draußen auf dem Balkon sitzen. Als sie sah, wie der kleine Noah hinten im Garten im großen Planschbecken herumhüpfte, vor Freude kreischte und sich immer wieder rückwärts ins überschwappende Wasser fallen ließ, fiel ihr wieder ein, wie sie als Kind versucht hatte, schwimmen zu lernen.
Da Mutter oft sehr leise sprach, zog ich meinen Liegestuhl näher zu ihr heran, damit ich sie besser verstehen konnte.

„Weißt du, im Hochsommer hatten wir Schulkinder oft hitzefrei, konnten nach der dritten Stunde nach Hause gehen. Wie die meisten Kinder musste auch ich zu Hause mithelfen, war im Grunde genommen gar nicht so begeistert über die geschenkte Freizeit. Lehrer Wellmann wusste dies zur Genüge, darum sagte er oft: ‚Bringt morgen eure Badeanzüge mit. Wenn das Wetter so bleibt, gehen wir schwimmen.'"

Mutter hielt inne, lächelte mich an und sagte: „Einen schönen roten Badeanzug hatte mir meine älteste Schwester geschenkt. Als Anreiz, damit ich endlich schwimmen lernte. Technisch wusste ich inzwischen genau, wie man so was macht. Auf dem Bauch liegend, hatte ich stundenlang auf unserem Küchenstuhl geübt. Aber ich traute dem Wasser nicht, hatte Angst." Mutter lehnte sich im Liegestuhl zurück und schloss für einen Moment die Augen.

„Und ...? Hast du schwimmen gelernt?" Neugierig sah ich sie an.

Mutter schüttelte den Kopf. „Als am nächsten Tag das Thermometer auf der Fensterbank im Klassenzimmer 28 Grad anzeigte, sah unser Lehrer auf seine Taschenuhr. ‚Es ist gleich 10 Uhr. Kinder, packt eure Sachen zusammen. Wir gehen ins Freibad.' Der 13-jährige Lehrersohn Hubert beaufsichtigte die fünfte Klasse, in der ich war. Vom Teichrand aus schaute er zu und gab mir präzise Anweisungen. Und siehe da, es klappte. Ohne aufzuhören, schwamm ich zehn bis fünfzehn Züge in einem durch. ‚Siehst du, du kannst es doch', lobte mich Hubert und anspornend rief er: ‚Komm mit, das tiefere

Wasser trägt dich besser!' Stolz wie eine Olympiasiegerin marschierte ich hinter ihm her. Das Wasser im großen Teich war kälter. Ich bibberte ein bisschen, hielt krampfhaft den Kopf über Wasser, während die Angst immer schneller in mir hochkroch. Verzweifelt fing ich an zu paddeln.
Als ich wieder zu mir kam, saß ich auf der untersten Treppenstufe des Sprungturms. Neugierig drängten sich die jüngeren Kinder heran und begafften mich. Mit erhobenem Zeigefinger stand Lehrer Wellmann vor mir und sagte: ‚Dass du mir ja nicht noch mal ins tiefe Wasser gehst. Es ist ein für alle Mal verboten.' Mein Retter war natürlich Hubert gewesen, den ich bewunderte und dankbar ansah. Aber schwimmen habe ich nie mehr gelernt."
„Stimmt, ich erinnere mich! Als ich noch ein Kind war, bist du im Sommer ab und zu sonntags mit meiner kleinen Schwester und mir zur Badeanstalt gefahren, bist aber nur mit uns ins Nichtschwimmerbecken gegangen."
Eine Weile saßen wir schweigend nebeneinander, schauten hinunter in den Garten und hingen unseren Gedanken nach. Als ich wieder zu ihr hinschaute, sah ich, dass sie eingenickt war.

Damit Mutter es einfacher hatte, ins Bett zu kommen, bestellte ich ein Pflegebett mit Galgen. Sie fand das gut, war damit einverstanden.
Als meine Schwester ein paar Tage später zu Besuch da war, hörte ich in der Küche, wie Mutter im Wohn-

zimmer zu ihr sagte, ich würde sie bevormunden. Alles ändern, ohne sie zu fragen.
Um die Sache richtigzustellen, ging ich ins Wohnzimmer und erklärte meiner Schwester, dass ich ein Pflegebett bestellt und Mutter es für gut befunden hätte.
„Das stimmt überhaupt nicht." Mutter wurde aggressiv, schimpfte mit mir. „Du bist eine undankbare Tochter. Wartest wohl schon darauf, dass ich sterbe, um alles zu erben. Wenn ich gewusst hätte, wie du dich entwickelst, hätte ich dich erst gar nicht bekommen. Und das neue Bett kommt nicht in mein Schlafzimmer. Ich will es nicht haben!" Wutentbrannt hieb sie mit der flachen Hand auf der Sessellehne herum.
„Ich renne zu den Behörden, fülle Anträge aus, damit du es leichter hast, und als Dank werde ich von dir beschimpft." Zornig sah ich sie an, doch sie schaute demonstrativ aus dem Fenster. Ich drehte mich um und rannte aus dem Zimmer. Nur mit Mühe konnte ich meine Tränen zurückhalten. Dass meine Mutter so etwas zu mir sagte, traf mich doch sehr.
Kleinlaut entschuldigte sie sich abends bei mir, meinte aber, ich hätte sie zu diesem Ausbruch gereizt. Was sollte ich dazu sagen? Das Beste war, ich hielt meinen Mund.

Zwei Tage später verbrachten mein Mann und ich den ganzen Tag bei Mutter. Das große Ehebett musste abgebaut und entsorgt werden. Zwei Angestellte des Sanitätshauses bauten das neue Pflegebett auf. Man konnte es elektrisch hoch- und runterfahren. Sehr praktisch für Mutter. Leider hatten die Männer das Gitter vergessen, das vor dem seitlichen Herausfallen schützte, wollten es aber noch vorbeibringen. Wir warteten bis spät in den Abend, doch keiner brachte das Gitter.

Das Pflegebett war sehr schmal. Mutter hatte Angst, dass sie nachts herausfallen würde. Vorsichtshalber stellte ich Stühle rundherum. ‚Ich werde mich morgen beschweren', nahm ich mir vor. Wie ärgerlich es war, überall musste ich selber hinterherlaufen.

Am nächsten Tag schoben wir das Bett an die Wand. So stand es erheblich besser, als mitten im Raum. Die kleine Tiffanylampe schraubte mein Mann auf dem Nachttisch fest, damit Mutter sie nicht aus Versehen herunterwerfen konnte. Widerstrebend akzeptierte sie die Veränderung. Allerdings trauerte sie hinter ihrer schönen rosa Bettdecke her, die genau zu den Übergardinen aus Voile passte und viele Rüschen rundherum hatte, für ein Einzelbett aber viel zu groß war.

Vorsichtshalber nahm ich auch das große schwere Blumenbild, das ein Bekannter von Mutter gemalt hatte, von der Wand und ersetzte es durch ein einfaches, leichtes Holzkreuz. An das Fußende des Betts schob ich einen Stuhl, damit sie dort ihre Kleidung ablegen und sich im Notfall festhalten konnte.

Über ihren Gesundheitszustand dachte Mutter viel nach. Sie fand es eigenartig, dass sie sich über nichts mehr freuen, dass sie nicht einmal mehr weinen konnte, dass ihr eigentlich alles egal war. Sogar die Speisen würden alle gleich fad schmecken, obschon ich ihr zum Abendbrot ein deftiges Körnerbrot mit Leberwurst gereicht hatte.

Heute war ich zwischendurch im Garten. Über 500 Quadratmeter mussten vom Unkraut befreit und das Gemüsebeet musste umgegraben werden, um Bohnen, Kohlrabi, Salat und Zucchini anzupflanzen. Ein paar Sommerblumensamen kamen auch in die Erde. Mutter saß auf dem Balkon und schaute interessiert von oben zu.

11. Mai: Muttertag.
Ich habe Mutter eine rosa Begonie mit Terrakotta-Umtopf geschenkt. Schwester und Schwager kamen nachmittags und brachten einen bunten Blumenstrauß mit. Sie fragten, ob es denn wirklich sein müsse, am Sonntag die Wäsche zu waschen und auf dem Balkon aufzuhängen. „Ich muss jeden Tag waschen, bin froh, wenn die Sonne scheint und alles schnell trocken wird", entgegnete ich. Die alltägliche Belastung im Umgang mit den Betroffenen können Außenstehende kaum erfassen.
Später half ich Mutter beim Ausziehen. Mit ihren zittrigen Fingern schaffte sie es nicht, die Bluse aufzuknöpfen und das Unterhemd über den Kopf zu ziehen. Einen BH trug sie schon lange nicht mehr. Windelhosen wechseln war schwieriger für mich, da sie nicht lange stehen konnte. Aber irgendwie schaffte ich es immer. Nachdem ich Mutter das Nachthemd angezogen hatte, half ich ihr ins Bett und deckte sie zu. An das Pflege-

bett hatte sie sich gewöhnt, fand es inzwischen sogar praktisch.

Ich strich ihr über die Wange und verabschiedete mich.

„Tschüss Mama, bis morgen."

Unsere ganze Familie achtete immer darauf, dass Mutter viel trank, trotzdem war sie oft durcheinander. Manchmal wusste sie nicht, wer ich war. Sie schaffte es auch nicht mehr, Knöpfe und Reißverschlüsse zu öffnen, sich allein auszuziehen, registrierte aber, dass die vielen Tabletten und Windelhosen teuer waren. Wollte an den Windeln sparen.

„Kommt überhaupt nicht in Frage. Wir müssen sie öfter wechseln, sonst wirst du ganz wund am Po." Widerstrebend gab Mutter mir recht.

Aus alten Frottee-Handtüchern nähte ich für sie Waschlappen und riesige Lätzchen. Eine Arbeit, die mir sogar Spaß machte, gleichzeitig konnte ich dadurch Mutters Geldbeutel schonen. War Sparsamkeit ansteckend? Aber nein, Mutter besaß eine Unmenge Handtücher, die ich mit ruhigem Gewissen zerschneiden konnte. Das so gesparte Geld konnte ich besser für wichtigere Dinge ausgeben.

In der Tageszeitung hatte ich gelesen, dass die Krankenkasse einen Pflegekurs anbot. Als ich dort anrief, um mich anzumelden, teilte man mir mit: „Wegen zu geringer Beteiligung fällt der Kurs leider aus. Wenn Sie wollen, schicken wir Ihnen gerne eine Mitarbeiterin, die Ihnen zu Hause ein paar praktische Handgriffe zeigt." Dankbar nahm ich diese Möglichkeit an.

Als die Krankenkassenangestellte kam, um uns zu zeigen, wie wir Mutter besser ausziehen und ins Bett heben könnten, rief sie gleich: „Ein Pflegebett! Wie haben Sie das denn bekommen? Ist doch vollkommen überflüssig."
„Finde ich nicht. Mutter kann sich am Galgen festhalten, dann hochrutschen, um so richtig auf dem Kopfkissen zu liegen."
Die stabile junge Frau hatte den perfekten Griff. Mutter schrie auf, lag aber ruck zuck im Bett. Zudecke drüber. Fertig!
Da blieb ich doch lieber bei meiner Methode. Erstens war ich nicht so kräftig wie sie. Zweitens wollte ich Mutter die blauen Flecken ersparen, die am nächsten Tag an Armen und Beinen zu sehen waren.

Ende Mai bekamen wir einen Termin beim Neurologen. Etwas schwieriger war es, Mutter die Treppe herunterzuführen und ins Auto zu setzen, aber mit Hilfe meines Mannes klappte es.
Im Hof des Praxisgebäudes fanden wir einen bequemen Parkplatz und brauchten nur ein paar Schritte bis zum Fahrstuhl zu gehen. Vor Aufregung hatte Mutter eiskalte Hände und fror. Der Arzt stellte ihr einige Fragen, die sie aber nur teilweise beantworten konnte. Im Nebenraum wurden ihre Gehirnströme gemessen, und der anschließende Befund dann per Post zum Hausarzt geschickt, mit dem ich alles Weitere klären sollte.
„Altersdemenz! Kann man nicht heilen. Für die Betroffenen entwickeln sich zunehmend Probleme: Un-

selbstständigkeit, ständige Verwirrtheit, starke Depressionen und dauernde Pflegebedürftigkeit."
Tolle Diagnose, aber so etwas Ähnliches hatte ich mir schon gedacht.
Mutter bekam vom Arzt eine neue Packung Risperidon verschrieben. Morgens, mittags und abends sollte sie eine Tablette nehmen, damit ihre psychotischen Störungen gelindert würden, sich ihre Konzentrationsfähigkeit verbessern und das aggressive Verhalten eingedämmt würde.
Hoffentlich gab es keine Nebenwirkungen bei den Pillen, denn durch die vielen Entwässerungstabletten hatte Mutter in den letzten Wochen stark abgenommen, wog nur noch 46 Kilo. Außerdem taten ihr die Augen weh, fühlten sich rau und sandig an. Ich gab ihr Augentropfen, die ihr etwas Linderung verschafften.
Zwei Tage später hatte sie schon wieder abgenommen, wog nur noch 45,5 Kilo. Sie weigerte sich, die Entwässerungstabletten weiter zu nehmen. Es war ihr peinlich, ständig einzunässen, sodass wir dauernd die Windeln wechseln mussten.

Da der Pflegedienst meistens erst kurz nach neun Uhr kam, Mutter aber schon um acht Uhr wach und meistens eingenässt und eingekotet war, musste Tina sie waschen und ihr eine neue Windelhose anziehen. Sich mit voller Hose an den gedeckten Frühstückstisch zu setzen, konnte man Mutter wirklich nicht zumuten. Darum entschloss ich mich, den Pflegedienst zu kündigen. Wenn Tina schon die morgendliche Reinigung

übernehmen musste, konnte sie auch die komplette morgendliche Pflege übernehmen.
Gott sei Dank kam Tina inzwischen gut mit Oma aus, übernahm gerne die Pflege. Für die Mehrarbeit überwies ich ihr jede Woche einen Betrag aufs Konto. Immerhin war es so noch preiswerter, als mit dem Pflegedienst. Mit dem war ich ansonsten zufrieden, bis auf die morgendliche Uhrzeit.

Als Tina eines Tages das Mittagessen für Mutter hochbrachte, irrte die orientierungslos durch die Wohnung, wusste nicht mehr, wo ihre Küche war. Nach dem Essen wurde ihr übel und sie musste erbrechen. Im Telefonbuch suchte Tina nach der Nummer des Arztes und ließ sich für Mutter Magentropfen aufschreiben, die sie umgehend aus der Apotheke holte.
Gegen 17 Uhr meinte Mutter: „Die Telefonnummern liegen so schwer im Bauch. Wenn du anrufen würdest, ginge es mir bestimmt besser."
Tina musste sich das Lachen verkneifen und antwortete: „Ach Oma, warte noch ein bisschen, dann wird es von selber besser."
Abends erkundigte sich Mutter bei Tina, ob sie einen Namen für das kleine Mädchen hätte.
„Ich habe doch Noah. Das reicht erst einmal!"
„Ja, ja, da hast du recht."
Mit seinen langen blonden Locken sah Noah tatsächlich wie ein Mädchen aus. Er war mit hochgekommen und schenkte der Oma eine gelbe Ringelblume, die er unten im Garten für sie gepflückt hatte.

Der Hausarzt kam und untersuchte Mutter. Sie hatte immer noch Wasser in den Beinen, musste weiterhin Tabletten nehmen. Gehen konnte sie nur noch sehr langsam und schleppend, war zu schwach.

Wenn sie in ihrem Lieblingssessel am Wohnzimmerfenster saß und vor sich hindöste, sah sie aus wie eine lebendige Tote. Sie war nur noch Haut und Knochen.

„Lieber Gott, sei gnädig und hol sie zu dir." Mein Herz war voller Mitleid, und traurig dachte ich: ‚Ein Leben lang hat sie hart gearbeitet und jetzt so etwas. Dabei hätte sie wahrlich einen schönen Lebensabend verdient.'

Tag für Tag wurde Mutter schwächer, wog nur noch 45 kg, konnte nicht mehr allein aus dem Bett oder aus ihrem Sessel aufstehen. Bei jedem Schritt mussten wir sie festhalten. Oft stand sie da und ging nicht weiter.

„Sie wollen nicht."

„Wer will nicht?"

„Meine Füße."

Hatte sie vergessen, wie man läuft? Wenn man sie weiterzog, klappte es wieder.

Damit wir tagsüber die Windelhosen schneller wechseln konnten, kaufte ich ihr noch ein paar neue Trainingshosen mit Gummizug im Bund.

Eine Bekannte von mir schlug vor: „Um es einfacher zu haben, solltet ihr eurer Mutter einen Katheter legen lassen." Das wollte ich aber nicht, denn aus eigener Erfahrung wusste ich, wie unangenehm so etwas sein kann.

Nach dem Abendessen wollte Mutter jetzt immer gleich ins Bett. Trotz weicher Kissen konnte sie nicht mehr so lange sitzen, tat ihr alles weh.
Ich musste unbedingt einen Verschlechterungsantrag für Pflegestufe 2 bei der Krankenkasse stellen. Vielleicht bekam ich auch eine Befreiung von den Rezept-Gebühren. Für die Wegwerf-Gummiunterlagen standen mir genau 31,00 Euro von der Kasse zur Verfügung. Eine Unterlage kostet einen Euro. Manchmal brauchte Mutter aber zwei Stück pro Tag, sodass der Vorrat schneller abnahm, als wir dachten, und wir wieder auf die einfache Gummiunterlage mit Betttuch zurückgreifen mussten. Sicherlich, nur eine kleine materielle Sorge, aber die Belastungen häuften sich.
Um die viele Wäsche zu bewältigen, kaufte ich kurz entschlossen von Mutters Geld einen Trockner. Wofür sollte sie denn auch sparen. Immer den Enkelkindern alles geben? Nein, jetzt war sie an der Reihe.

Abends habe ich oft noch einige Zeit an Mutters Bett gesessen, ihre Hand gehalten und sie gestreichelt. Als meine Tochter später nach ihr sah, fragte sie Tina: „Wer war denn die Frau, die mich ins Bett gebracht hat?"
Die Doppelbelastung mit Haushalt und Garten, dazu Mutters Pflege, war für mich sehr anstrengend, trotz Hilfe meiner Tochter. Nicht nur körperlich, auch psychisch, denn ich durfte ihr nie widersprechen. Widerspruch ruft noch intensiveren Widerspruch bei den Erkrankten hervor, lässt sie aggressiv werden. Von einem Tag auf den anderen als nicht ausgebildete Pfle-

gekraft zu wirken, führt einen rasch an die Grenzen der Belastbarkeit. Manchmal hatte ich das Gefühl, statt meiner Mutter ein bockiges dreijähriges Kind vor mir zu haben. Oft musste ich mich zusammenreißen, um sie nicht anzuschreien oder zu schütteln.

Es dauert lange, bis man gelernt hat, mit dieser Krankheit umgehen zu können. Der Stress, den der Wechsel von Verwirrung zu Klarheit oder auch umgekehrt verursacht, wird von Außenstehenden oft völlig verkannt. „Ich weiß gar nicht, was du hast! Deine Mutter ist doch völlig normal." Wie oft hört man diesen Satz von Außenstehenden, die den Betroffenen nur in Ausschnitten erleben. Schon hinterfragt man sein eigenes Denken und Fühlen, wird verunsichert.

Sommer, Sonne, Meer? Nein ... Sommer, Sonne, Mutter! Statt sonntags auf unserer Terrasse zu sitzen und gemütlich Kaffee zu trinken, fuhren wir zu Mutter, brachten ihr eine Kugel Schokoladeneis mit, die sie mit viel Appetit aß. Als Dank versuchte sie, uns zuzulächeln, was ihr aber nur halbwegs gelang.
„Warum vergesse ich alles? Und warum kann ich nicht mehr richtig denken?", fragte sie mich.
„Es liegt an deiner Krankheit. Altersdemenz! Aber das macht nichts", tröstete ich sie. „Ich vergesse auch vieles. Stell dir vor, neulich war ich im Keller und wusste nicht mehr, was ich da wollte. Erst als ich wieder nach oben gegangen bin, ist es mir wieder eingefallen. Also, mach dir nicht so viele Gedanken darüber."

Was sollte ich ihr auch sagen? Dass es schubweise immer schlimmer werden würde? Nein ... Das brachte ich nicht übers Herz. Besonders, da es ihr an diesem Tag nicht sonderlich gut ging. Sie konnte fast gar nicht mehr laufen und fand sich in ihrer Wohnung zurecht. Immer wieder musste ich ihr zeigen, wo sich Küche und Bad befanden.
Kurz vor 18 Uhr brachte ich sie ins Schlafzimmer, zog sie aus und half ihr ins Bett. Dann fütterte ich sie mit einem Toastbrot und reichte ihr ein Glas warme Milch, die sie mit einem Strohhalm trank.
Als Tina später nach oben kam, stand Mutter im Bad vor dem Spiegel und rasierte sich gerade ein paar Härchen am Kinn ab. Viel zu gefährlich für sie.
„Oma, das werde ich demnächst machen. Jetzt bringe ich dich wieder ins Bett und gebe dir deine Schlaftablette, damit du bis morgen früh durchschläfst."

Diese Woche waren mein Mann und ich fast jeden Tag bei Mutter. Die riesige Lebensbaumhecke im Garten musste geschnitten werden. Sie ist mindestens zwei Meter hoch und 35 Meter lang. Eine Heidenarbeit!
Mit der großen elektrischen Heckenschere rückte mein Mann jeden Morgen der Lebensbaumhecke zu Leibe, schnitt sie schmaler und kürzte sie um 50 Zentimeter. Ich füllte den ganzen Abfall in große Müllsäcke, die wir am Wochenende zur Gründeponie bringen würden.
Tina kochte für uns mit. Anschließend ging ich nach oben und fütterte Mutter, zog sie aus und brachte sie ins Bett.

Nach ihrem Mittagschlaf wechselte ich die Windelhose, setzte sie ins Wohnzimmer und reichte ihr Kaffee und Kuchen an. Ihre Hände zitterten so sehr, dass sie Tasse und Kuchengabel nicht mehr halten konnte.
Mutter bedankte sich bei mir, streichelte mir über die Wange. Ein eigenartig berührendes Gefühl. Ich drehte mich weg, damit sie meine Tränen nicht sah.
Abends brachte Tina Oma ins Bett. Sie ist größer und kräftiger, konnte sie besser halten als ich. Ich hatte dafür mehr Geduld, konnte Mutter besser füttern.

Mutters Augen waren noch immer entzündet und tränten. Sie musste dringend zum Augenarzt. Aber wie bekam ich sie dorthin? Ihre Wohnung befand sich ja in der ersten Etage, eine schöne Wohnung: Küche, Wohnzimmer, Esszimmer, Schlafzimmer, Gästezimmer, Bad und großer Balkon – leider gab es keinen Fahrstuhl.
Ich telefonierte mit dem Hausarzt und bekam einen Beleg für den Krankentransport.
Zwei kräftige Sanitäter trugen Mutter auf einer Art Rollstuhl nach unten und setzten sie ins Auto. Ich durfte mit hinten einsteigen und hielt während der ziemlich ruckeligen Fahrt ihre Hand, während sie immer wieder ängstlich nach draußen schaute.
Die Diagnose beim Augenarzt lautete: „Zu wenig Tränenflüssigkeit (wahrscheinlich auf die Wassertabletten zurückzuführen) und eingeschränktes Sehvermögen, bedingt durch die Demenz." Eine milde Augencreme sollte etwas Linderung verschaffen, was sie dann auch tat.

Mutter konnte ohnehin nur auf dem rechten Auge sehen, auf dem linken war sie seit ihrem 16. Lebensjahr erblindet. Damals hatte sie beim Korndreschen eine Granne ins Auge bekommen, wurde zu spät und auch nicht richtig behandelt.

Nach und nach ging es Mutter etwas besser. Bei schönem Wetter saß sie auf dem Balkon und schaute zu, wie ich die Wege im Gemüsegarten mit grauen Betonsteinen pflasterte, alles neu anlegte, während mein Mann mit unserem kleinen Enkel im Pool planschte und herumtollte.
Mutter hatte allerdings jedes Zeitgefühl verloren. Dauernd wollte sie etwas anderes: im Sessel sitzen, nach draußen auf den Balkon, in der Wohnung umherlaufen, im Bett liegen und dann alles wieder von vorne. Zehn Minuten Fernsehen kamen ihr vor wie eine Stunde.
„Ich weiß nicht warum, aber ich fühle mich innerlich sehr unruhig!"
Auch ich war gestresst, baute Wut in mir auf. Wie sollte ich den Garten anlegen, wenn ich alle Augenblicke nach oben gehen musste! Dabei konnte Mutter, wenn sie etwas unbedingt wollte, sogar allein auf den Balkon gehen.
Vieles passte in ihrem Verhalten nicht zusammen, war für mich nicht einzuordnen. Ich konnte und wollte nicht ständig daran denken, dass sie dement, ihr Verhalten nicht am ‚Normal-Verhalten' zu messen war.

Am Samstag, dem 14. Juni, einen Tag vor Mutters 84. Geburtstag, kam ihre 89 Jahre alte Schwester Luise aus Köln – auch sie hatte Demenz – mit Tochter und Pflegerin am Vormittag zu Besuch. Bei meiner Tante war die Krankheit noch nicht so weit fortgeschritten, sie konnte noch vieles selber machen.

Mit Tränen in den Augen nahm Luise Mutter beim Abschied in den Arm und küsste sie auf die Wange. Ihr war offensichtlich bewusst, dass sie ihre Schwester das letzte Mal sehen würde. Sie wohnten zu weit auseinander, waren beide durch die Erkrankung zu eingeschränkt bewegungsfähig, um direkten Kontakt zu halten.

Es war ein berührendes Bild, die beiden alten Frauen an diesem Tag zu sehen. Ein seltsam wehmütiges Gefühl beschlich mich. Die Schwestern waren die beiden letzten Überlebenden ihrer Familiengeneration. Ihre anderen Geschwister, meine Großeltern hatten zwölf Kinder – acht Söhne und vier Töchter –, waren bereits vor längerer Zeit verstorben.

„Ob sie nun da war oder nicht, ist mir egal."

Für Mutter war der Besuch zu anstrengend gewesen. Sie hatte Schmerzen und musste mit Magentropfen ins Bett. Dass sie sich über den Besuch ihrer einzigen Schwester nicht mehr freuen konnte, fand ich sehr schade. Alles, was mit ihr oder in ihrer Umgebung geschah, lief wie ein langweiliger Film, den man sich nicht unbedingt anschauen musste, an Mutter vorbei.

Am nächsten Sonntag berichtete mir Tina, dass Oma nachts herumgelaufen sei. Übers Babyfon könne sie jeden Laut, jede Aktion mithören. Als sie am Morgen hochgekommen sei, hätten alle Türen weit offen gestanden, sogar die Etagentür.

Müssten wir ab jetzt die Tür von außen verriegeln? Wäre das dann Freiheitsberaubung? Nein, auf keinen Fall, dachte ich, es wäre ja zu ihrem Schutz. Wenn ich mir vorstellte, sie würde nachts im Dunkeln die Treppe herunterfallen ... Was dann?

Ich war für sie verantwortlich. Zusammen mit Mutter hatte ich ja damals die Vorsorgevollmacht beim Notar unterschrieben, die mich zu vielem berechtigte: Bankgeschäfte, fällige Arzttermine, Rezepte und sonstige Erledigungen. Ein Blick ins Internet sollte mich schlauer machen. Einfach einschließen, rechtlich eine Freiheitsberaubung, die nur mithilfe komplizierter juristischer Schritte vielleicht möglich wäre. Aber was dann? Erst einmal ging mir ihre Sicherheit vor.

Mutters Zustand verschlechterte sich merklich. Statt einer halben Demenztablette gaben wir ihr nach Rücksprache mit dem Arzt eine ganze. Außerdem bekam sie jetzt regelmäßig jeden Abend eine Schlaftablette. Natürlich bestand die Gefahr, dass sie davon abhängig wurde. Doch wieder die Frage, was in diesem Moment schwerer wog. Ihre Möglichkeit, in der Nacht zur Ruhe zu kommen, oder die drohende Gefahr einer Abhängigkeit.

An einem dieser schönen Sommertage fuhr ich schon morgens zu Mutter. Die Stachelbeeren waren reif,

mussten gepflückt, gewaschen und mit Zucker eingekocht werden. Das Einkochen war für mich hausfrauliches Neuland. Mutter saß mit in der Küche und schaute zu. Sie wusste sogar, wie lange die Einmachgläser kochen mussten. Erstaunlich!
Zwischendurch ging ich zum Kaufmann, um noch ein paar Tüten Zucker zu holen, denn die Erdbeeren und Himbeeren mussten auch noch verarbeitet werden.
Als ich zurückkam, traf ich im Treppenhaus unseren Mieter, der mir berichtete: „Ihre Mutter hat bei mir geklingelt und sagte, dass sie Durst habe. Ich solle ihr bitte eine Flasche Mineralwasser geben. Gut, dass ich über ihren Zustand Bescheid weiß. Ich habe sie an die Hand genommen und wieder nach unten ins Wohnzimmer gebracht. Dabei stellte ich fest, dass auf dem Tisch genügend Wasser stand."
„Ach, du Schreck! Wie ist sie bloß die Treppe hochgekommen? Sie kann doch fast überhaupt nicht mehr gehen. Tut mir leid, dass sie bei Ihnen geklingelt hat. Vielen Dank, dass Sie Mutter wieder zurückgebracht haben."
Er lachte und meinte: „Ich kenne das Problem zur Genüge. Mein Großvater ist auch immer weggelaufen."
Als ich Mutter auf diesen Vorfall ansprach, wusste sie nicht mehr, wie sie nach oben gekommen war, konnte sich an nichts erinnern.
„Es ist schönes Wetter und die Sonne tut dir gut. Also, raus auf den Balkon!" Ich redete so lange, bis Mutter nachgab und ich sie nach draußen bringen konnte.
Inzwischen war mein Mann gekommen und damit es Mutter nicht langweilig würde, setzte er sich zu ihr.

Das empfand sie aber als nicht richtig. Statt die Beeren zu verarbeiten, sollte ich neben ihr sitzen.
Ging leider nicht. Ich musste zusätzlich unter den alten knorrigen Obstbäumen Mulch verteilen, hoffte, damit das Unkraut in Schach zu halten, das immer wieder demonstrativ seine grünen Blätter aus der Erde emporreckte, so, als wollte es mich bewusst ärgern.
Zwischendurch ging ich nach oben, um nach Mutter zu sehen und um ihr trockene Windelhosen anzuziehen.

Meine beiden Hände taten weh. Morgens bekam ich die Finger kaum noch gerade. Es nervte. Ich war gestresst, vergaß auch alles. Der Anfang einer Demenz? Konnte nicht sein. Sie ist ja nicht ansteckend. Und, so sagte mir wieder ein abendlicher Blick ins Internet, nur in bestimmten Fällen (Alzheimer) vererbbar. Aber doppelter Haushalt, doppelter Garten und Mutter, das war auf die Dauer einfach zu viel. Mit 40 hätte ich es vielleicht geschafft, aber inzwischen war ich ja auch schon 60 Jahre alt.
Ich musste ein paar Mal schlucken, sonst hätte ich einen Weinkrampf bekommen. Es gibt keine Lösungen, die Belastung würde bleiben. Aber was sollte ich machen, um mich nicht selber zu zerstören? Ich brauchte dringend einen freien Tag!

Am nächsten Tag blieb ich zu Hause, doch von ‚frei' konnte keine Rede sein: Eigene Wäsche musste gewaschen werden, aufräumen, einkaufen, Essen kochen. Mein einziger Lichtblick war die Post. Ein Gutachter der Krankenkasse hatte sich nach fast viermonatiger Wartezeit für den 8. Juli angemeldet um festzustellen, ob Mutter überhaupt eine Pflegestufe zustände.

Eine schwierige Angelegenheit. Von guten Bekannten wusste ich, dass die Kranken bei solchen Terminen plötzlich alles allein können. Außerdem musste man dem Gutachter einen genauen Wochenplan vorlegen, in dem stand, wie viele Minuten man für die einzelnen Pflegeleistungen brauchte.

Gut, dass meine Tochter immer alles genau aufschrieb. Zusätzlich hatte ich mir einen Musterbogen aus dem Internet ausgedruckt. Somit wusste ich, was wir ankreuzen mussten, was besonders wichtig und aufwendig war.

Nachmittags hatte ich endlich Zeit für mich. Blauer Himmel, zarte weiße Federwolken und strahlender Sonnenschein lockten meine Freundin und mich in den neu angelegten Park der Gartenbau-Fachschule. Zwischen bunten Sommerblumen, auf denen Schmetterlinge tanzten, spazierten wir entlang der schön angelegten Rabatten, schnupperten Rosen- und Lavendelduft.

Im Schatten einer hohen Blutbuche saßen wir am kleinen Seerosenteich auf einer Bank, konnten die Seele baumeln lassen, quakende Frösche und schillernde Libellen beobachten, die über die Wasseroberfläche schwirrten und nach Nahrung suchten. Für mich: Ruhe und Erholung pur!

Freitag, 27. Juni
Heute war Mutter wieder sehr unruhig. Alle fünf Minuten wollte sie etwas anderes: Durch die Wohnung laufen, sich ins Bett legen, wieder aufstehen, im Wohnzimmer in ihrem Lieblingssessel sitzen oder nach draußen auf den Balkon gehen.

„Ich kann nicht dauernd mit dir herumlaufen. Ich muss Himbeeren pflücken."

„Kannst du morgen auch noch."

„Geht nicht, die sind schon überreif."

Ich reichte ihr eine Illustrierte, die sie mit einer abfälligen Geste entgegennahm, darin blätterte und so tat, als würde sie lesen.

Abends aß sie mit viel Appetit fast zwei Schnitten Graubrot. Für den frisch zubereiteten Gurkensalat nahm sie die Finger. Hatte sie die Gabel übersehen? Oder wusste sie nicht mehr, wie man damit isst?

Mit dem Trinken haperte es auch, es klappte nur mit gutem Zureden. Außerdem schlürfte und schmatzte sie neuerdings, nahm nach dem Essen ihr Gebiss heraus und leckte es ab. Wo war ihre sonst so gepriesene Esskultur geblieben?

Enkel Noah, der mit am Tisch saß, bekam fast einen Schock. So was hatte er noch nie gesehen und meinte weinerlich: „Ich will nicht alt werden und meine Zähne rausnehmen. Das tut doch weh!"

„Das sind keine richtigen Zähne, mein Schatz. Das ist nur ein Gebiss, das der Zahnarzt gemacht hat. Wenn du immer fleißig deine Zähnchen putzt, bekommst du so etwas nicht und kannst ohne dieses Problem alt werden." Tröstend strich ich ihm über die Wange, während er sich vertrauensvoll an mich schmiegte.

Am nächsten Tag berichtete mir Tina, dass Oma nachts wieder herumgelaufen sei. Morgens hätte sie auf dem Bauch im Bett gelegen, und der linke Arm wäre am Kopfende im Gitter eingeklemmt gewesen. Über 20 Minuten hätte es gedauert, den Arm freizubekommen und Oma umzudrehen.
Gemeinsam überlegten wir, ob es besser wäre, das Gitter am Bett hochzustellen. Aber Mutter würde bestimmt lautstark dagegen protestieren, womöglich nachts drübersteigen, dann doppelt so tief fallen und sich etwas brechen. Das konnte und wollte ich nicht verantworten. Zudem, so belehrte mich der Klick auf entsprechende Seiten im Internet, gibt es das Problem der Freiheitsberaubung, das beim hochgestellten Gitter am Pflegebett schon vorhanden ist.

Damit Tina am Sonntag mehr Zeit für ihren kleinen Sohn hatte, fuhr ich schon kurz vor Mittag zu Mutter. Heute war sie nicht so quengelig, war auch einigermaßen klar in ihren Gedankengängen. Sie meinte vertraulich zu mir: „Ich muss Geld spenden für die Haushaltshilfe des Pastors, sonst bekommt der nichts zu essen."
„Das schadet nichts, der ist dick genug", antwortete ich lachend, wusste aber, was sie wollte. Einmal im Monat kam der Pastor und betete mit ihr. Hinterher bekam er jedes Mal eine Spende von 10 Euro für die Kirche.

Um Mutter bei Laune zu halten, holte ich ihr aus der Eisdiele im Dorf eine Kugel Vanilleeis, die sie dann genüsslich aß.
Um 18 Uhr konnte sie nicht mehr sitzen und wollte ins Bett. Abendessen zubereiten, Mutter ins Schlafzimmer begleiten, sie ausziehen, Windelhosen wechseln, Schlafanzug anziehen, ins Bett heben, richtig hinlegen und zudecken, alles war nicht gut für meine Hände. An den Mittelfingern haben sich die Sehnen verkürzt. Vom Arzt hatte ich Tabletten und kühlende Schmerzcreme bekommen, die ich über Nacht einwirken ließ.
Bei mir zu Hause sortierte ich Mutters Unterlagen, Rentenbescheide und sonstiges, damit ich alles griffbereit hätte, wenn irgendwelche Behörden Belege brauchen würden.

Hausputz bei Mutter. Musste sein! Im Küchenschrank krabbelten wieder schwarze Käfer, die ich mit unverdünntem Essigwasser bekämpfte. Ich zog sogar den schweren Schrank von der Wand weg, um alle Käfer zu erwischen.
Mutter drängelte, sie wollte unter Leute, wollte ins Dorf, wollte spazieren gehen. Ihr Bewegungsdrang war immens.
‚Wenn ich jetzt nein sage, wird sie ganz ärgerlich', dachte ich mir und machte ihr das Angebot: „Sobald es dir besser geht und du wieder richtig laufen kannst, gehe ich mit dir nach draußen und wir machen einen langen Spaziergang." Widerwillig gab sie sich damit zufrieden.

„Wer ist eigentlich die Frau mit dem Kind?", fragte sie mich fünf Minuten später.

„Die blonde Frau ist deine Enkeltochter Tina und das Kind ist der kleine Noah, dein Urenkel. Beide wohnen im Erdgeschoss."

„Und warum sind sie dauernd hier oben?"

„Deine Enkeltochter hilft dir morgens aus dem Bett. Sie wäscht dich, zieht dich an, macht dir Frühstück und kocht dir das Mittagessen. Sie macht auch deine Wäsche und kümmert sich darum, dass du die richtigen Tabletten einnimmst."

„Ach ja." Am nächsten Tag hatte Mutter schon wieder alles vergessen. Sie wusste nicht einmal mehr, was es zu Mittag gegeben hatte.

Für zwei Wochen bekam Tina Besuch von einer Freundin mit ihrem Sohn aus Köln und fragte mich: „Mama, würdest du dich schon ab Mittag um Oma kümmern, damit ich genügend Zeit für meine Gäste habe, gemeinsam mit ihnen etwas unternehmen kann?"

„Aber sicher."

Freitag, 4. Juli
Von der Buchhandlung Thalia hatte ich für nachmittags eine Einladung zum Signieren meines Romans ‚Der Fluch der Tochter des Schmieds' – ein historischer Roman, der in Osnabrück angesiedelt ist – bekommen. Durch meine Unterschrift ließen sich die Bücher tatsächlich besser verkaufen, und der direkte Kontakt mit den Lesern war für mich eine neue Erfahrung. Ein älte-

rer Herr erzählte mir, dass er von Beruf Schmied gewesen sei und mit einer Widmung von mir das Buch seiner Frau zum Geburtstag schenken wolle.

Als ich abends nach Hause kam, hatte ich Halsschmerzen. Die Klimaanlage im Geschäft war wohl zu hoch eingestellt gewesen. Am nächsten Morgen fühlte ich mich schlapp und elend, hatte Fieber! Ich konnte nicht zu Mutter fahren.

Mein Mann rief bei Tina an und teilte ihr mit, dass ich mich wohl erkältet hätte und deshalb nicht kommen könnte.

Den ganzen Tag lag ich im Bett, trank heiße Zitrone und lutschte Halsschmerztabletten.

Montag, 7. Juli
Heute ging es mir etwas besser, aber wegen der Ansteckungsgefahr traute ich mich noch nicht zu Mutter zu fahren. Ich setzte mich an meinen Schreibtisch, nahm das Tagebuch und schrieb auf, was sich alles in den letzten Tagen ereignet hatte.

Dienstag, 8. Juli
Ein Rückfall, ich war wohl zu früh schon wieder auf den Beinen. Den ganzen Tag über hatte ich Fieber, fühlte mich total erschlagen, konnte kaum aufstehen. Dabei müsste ich eigentlich zu Mutter, weil sich für heute der Gutachter von der Pflegekasse angemeldet hatte. Ich telefonierte mit meiner Tochter, erklärte ihr, was sie alles sagen und angeben müsse.

Gegen Abend rief Tina an und teilte mir freudig mit: „Oma bekommt endlich Pflegestufe 1. Der Pflegesatz beträgt monatlich 384,00 Euro."

Mittwoch, 9. Juli
Alle Muskeln taten mir weh, und ich konnte mich kaum rühren. Mühsam zog ich mich kurz vor Mittag an und mein Mann fuhr mich zum Arzt. Nachdem er mich untersucht hatte, meinte er: „Eindeutig Sommergrippe! Ich verschreibe Ihnen Antibiotika. Wenn es nicht besser wird, kommen Sie am Freitag wieder."
Zu Hause nahm ich gleich die Tabletten und kroch wieder ins Bett. Dabei hatte ich meiner Tochter versprochen, mich mehr um Mutter zu kümmern. Aber was sollte ich machen? Es ging nun einmal nicht!

Donnerstag, 10. Juli
Anruf von Tina: „Oma muss in der Morgenzeit aufgestanden und herumgelaufen sein. Als ich um 7:30 Uhr hoch kam, lag sie auf dem Boden vor dem Kleiderschrank. Sie hat sich die Haut am Arm abgeschrammt. Es sieht echt schlimm aus. Ich habe ihr einen Verband angelegt und ihr geholfen, sich wieder ins Bett zu legen. Kannst du kommen, Mama?"
„Nein, ich liege selber im Bett, habe immer noch Fieber. Hör zu Tina! In Omas Medikamentenschrank befindet sich eine Tube Bepanthen Wund- und Heilsalbe, die kannst du auf ihren Arm streichen, damit es schneller abheilt."

Freitag, 11. Juli
Ein paar Stunden war ich auf, musste mich aber des Öfteren hinlegen, weil ich einfach zu schlapp war. Zwischendurch las ich im Tagebuch und schrieb hinein, dass Mutter gestern aus ihrem Bett aufgestanden und hingefallen war.

Samstag, 12. Juli
Besonders gut ging es mir immer noch nicht. Ich telefonierte mit Tina. Natürlich war sie genervt, weil ich immer noch nicht kommen konnte. Letzte Nacht musste sie um vier Uhr aufstehen. Sie hatte schlurfende Geräusche übers Babyfon gehört und war nach oben gegangen. In ihrem dünnen geblümten Nachthemd lief Mutter in der Wohnung umher und suchte blaue Schafwolle, wollte Strümpfe für ihre Enkelkinder stricken. Nur mit viel Überredungskunst ließ sie sich wieder ins Bett bringen.
Gegen Mittag raffte ich mich auf und fuhr zu Mutter, damit Tina endlich Zeit für ihren Besuch hatte.
Mutter abends ins Bett zu heben, war sehr anstrengend, da ich durch die Grippe doch erheblich geschwächt war.

Sonntag, 13. Juli
Endlich fühlte ich mich etwas besser. Mein Mann fuhr mit mir zu Mutter und gemeinsam tranken wir Kaffee. Zu meiner Verwunderung konnten wir uns sogar ganz normal mit ihr unterhalten.

„Die Frau vom Maler hat heute Mittag am Fenster gestanden und mir zugewinkt." Mutter deutete auf das gegenüberliegende Haus.

„Das war bestimmt Maria", sagte ich zu meinem Mann. „Sie muss so um die 90 sein. Vor zwei Wochen war sie mit ihrer Tochter hier und hat Mutter besucht. Das rosa Alpenveilchen auf der Fensterbank ist von ihr."

Einige Tage später war ich fast wieder die Alte. ‚Alte' war der richtige Ausdruck. Ich fühlte mich um Jahre gealtert. Hatte im Badspiegel etliche Falten um Augen und Mund entdeckt und kaufte mir in der Drogerie Tages- und Nachtcreme mit Antifaltenzusatz. Hoffentlich wirkt das teure Zeug! Bei älteren Models oder Schauspielerinnen, die im Werbefernsehen dafür Reklame machten, half es angeblich. Nach einer Woche wären ihre Fältchen fast verschwunden. Aber vielleicht hatten die sich zwischendurch für viel Geld liften lassen.

Zu Mutter kam ich erst am späten Nachmittag. Tina war gestresst und raunzte mich entnervt an: „Wenn du morgen nicht eher kommst, kannst du gleich zu Hause bleiben."

„Es tut mir leid, dass du Mutter die letzte Woche alleine versorgen musstest, fast keine Zeit für deinen Besuch hattest, aber ich konnte wirklich nicht kommen."

Ich konnte sie gut verstehen, die Arbeit mit Mutter wurde ihr allmählich zu viel. Letzte Nacht musste sie wieder nach oben gehen. Oma stand im Bad und machte ihren Rasierer sauber. Ein nicht ungefährliches Vorhaben.

Am nächsten Tag rief das Sanitätshaus an und teilte uns mit, der bestellte Rollstuhl wäre endlich da. Mutters Eigenanteil beliefe sich auf 10 Euro, die ich bei Abholung sofort begleichen solle.
Er war für mich eine große Erleichterung, besonders hinsichtlich des Essens. Mit dem Rollstuhl konnte ich Mutter jetzt ganz nah an den Küchentisch schieben und auch wieder wegziehen, was mir mit einem normalen Stuhl nur schwer gelang, obwohl sie inzwischen nur noch 44 Kilo wog.

Mit dem Essen gab es ein neues Problem. Im Gegensatz zu früher wollte Mutter alles sehr stark gesalzen und gewürzt haben. Ob ihr Geschmackssinn durch die Erkrankung auch nachgelassen hatte?
Ein abendlicher Internetbesuch machte mich auch bei dieser Frage schlauer. Der Geschmackssinn kann tatsächlich teilweise beeinträchtigt werden. Am besten bleibt die Wahrnehmung für ‚süß' erhalten, daher auch die Vorliebe meiner Mutter für Eis, ‚salzig', ‚bitter' und ‚sauer' werden hingegen deutlich schlechter erkannt.
Auch sonst gestaltete sich das Essen schwierig. Weil ihre Hände stark zitterten, legte ich ihr mittags stets einen kleinen Löffel und eine Kuchengabel als Besteck hin. Die Schnitte Graubrot am Abend zerteilte ich in kleine Häppchen, sodass sie die mit den Fingern essen konnte. Tasse oder Glas konnte sie auch nicht mehr

halten, zum Trinken benutzte sie nur noch einen Strohhalm.

Die von mir genähten Handtuch-Lätzchen erwiesen sich beim Essen als sehr vorteilhaft, da sie bis auf die Knie reichten, ich nicht nach jedem Essen Mutter etwas Neues anziehen musste.

Am liebsten hätte Mutter, dass ich die ganzen Nachmittage bei ihr säße, sie unterhielte oder ihr etwas vorlesen würde.

„Mir ist langweilig. Ich fühle mich auch so unruhig."
„Was meinst du damit? Erklär es mir."
„Wenn ich ein paar Minuten im Sessel gesessen habe, möchte ich laufen, dann wieder sitzen oder im Bett liegen."

Vorsichtig half ich ihr aus dem Sessel, hakte sie unter und wir liefen ein paar Mal im Flur hin und her. Sie ging sehr langsam und gebückt. Mit der linken Hand strich sie dabei an der Wand entlang, so als würde die ihr zusätzlich Halt geben. Oft blieb sie stehen und murmelte: „Meine Beine wollen nicht." Ängstlich klammerte sie sich an meinen Arm und war froh, als sie wieder in ihrem Sessel saß und ich ihr ein Kissen in den Rücken stopfte.

„Warum kann ich so schlecht laufen? Und warum funktioniert mein Gedächtnis nicht?", fragend sah sie mich an.

„Wird bestimmt bald wieder besser. Du bekommst dafür morgens, mittags und abends Tabletten. Aber es dauert eine Weile, bis sie wirken."

Geduld war nicht ihre Stärke. Alles musste sofort sein, ähnlich wie bei meiner Tochter.

„Mama, kannst heute du bis 23 Uhr bleiben? Ich möchte ins Kino."

„Das geht heute nicht. Meine Bügelwäsche wartet auf mich, aber am Sonntag bleibe ich gerne länger."

Meine Familie meinte oft, ich wäre immer für sie verfügbar. So könnte ich ja auch, wenn meine Tochter demnächst Urlaub hätte, für 15 Tage bei Mutter wohnen.

Sie zur Kurzzeitpflege in ein Heim ‚abschieben'? Unmöglich! Schließlich wäre es ja meine Mutter. Unseren Zwei-Personen-Haushalt und den kleinen Garten könnte mein Mann in der Zeit gut allein bewältigen.

Von wegen ins Heim abschieben! Ich hatte eine Sehnen- und Nervenentzündung in beiden Händen, sollte sie kühlen, Tabletten nehmen und, laut Arzt, ruhighalten. Also, wie sollte das gehen, damit Mutter den ganzen Tag über zu betreuen?

Für mich war es äußerst schmerzhaft, Mutter zwei bis drei Mal am Nachmittag aus dem Sessel oder abends ins Bett zu heben. Außerdem war ich auch nicht mehr die Jüngste, doch das vergaßen immer alle.

Tina war über meinen Entschluss, Mutter zur Kurzzeitpflege in ein Heim zu geben, richtig böse. „Du kannst Oma doch nicht einfach abschieben. So schlimm ist es doch gar nicht mit deinen Händen."

Diesmal ließ ich mich nicht umstimmen, obschon ich mich innerlich hin- und hergerissen fühlte. Man glaubt

gar nicht, wie rasch man Schuldgefühle entwickeln kann.
Plötzlich erinnerte ich mich an Oma Dora, Vaters Mutter. Irgendwann schaffte sie den Haushalt nicht mehr. Sie konnte nicht mehr richtig sehen, stolperte, fiel hin und kam ins Krankenhaus. Diagnose: Oberschenkelhalsbruch!
„Sollen wir sie zu uns nehmen, wenn sie aus dem Krankenhaus kommt?" Meine Mutter hatte Mitleid mit der alten Frau. Aber Vater wollte nicht. „Zwei Dickschädel in einer Wohnung geht auf die Dauer nicht gut. Mutter kommt in ein Heim. Wir vier Brüder teilen uns die Pflegekosten."
Als Oma Dora dann in ein Alten- und Pflegeheim kam, reagierte ich genauso aufgebracht wie jetzt meine Tochter. Auch ich war entsetzt über das Verhalten meiner Eltern, insbesondere über meinen Vater. Heute kann ich ihn gut verstehen. Er wollte meiner Mutter die viele zusätzliche Arbeit nicht zumuten.

Montag, 21. Juli
Tina berichtete mir, dass sie Oma heute Morgen auf dem Bauch liegend vorm Fenster gefunden und sie nur mit Müh und Not wieder ins Bett bekommen hätte.
„Zwei Schmerztabletten habe ich Oma gegeben und musste sie später im Bett liegend anziehen. Gut, dass wir den Rollstuhl haben, sonst hätte ich sie nicht ins Wohnzimmer setzen können."
Nachmittags ging es Mutter wieder besser und ich konnte mich um die grünen Brechbohnen im Gemüse-

garten kümmern. Dieses Jahr fiel die Ernte mehr als reichlich aus, deshalb entschloss ich mich, Schnippelbohnen herzustellen und in Gläser einzukochen.

Während ich in der Küche arbeitete, saß Mutter in ihrem Lieblingssessel im Wohnzimmer und hatte dauernd neue Wünsche: „Stellst du den Fernseher lauter, ich versteh überhaupt nichts!" „Bringst du mir Mineralwasser, ich muss doch viel trinken!" „Mir ist langweilig, kann ich nicht auf dem Balkon sitzen?" Immer wollte sie etwas von mir. Ich war wirklich genervt.

Als ich endlich die Bohnen fertig hatte und nach ihr sah, war der Sessel leer. In jedem Zimmer schaute ich nach, aber Mutter war verschwunden. Schließlich entdeckte ich, dass die Etagentür weit aufstand und eilte ins Treppenhaus. Mutter stand auf der untersten Stufe und hielt sich krampfhaft am Geländer fest. Ärgerlich eilte ich hinunter und fragte sie: „Was machst du hier?"

„Die Frau besuchen."

„Welche Frau?"

„Na, die hier unten wohnt. Sie soll mir endlich was zu essen machen. Es wird Zeit fürs Bett." Kratzbürstig sah sie mich dabei an.

„Aber Mutter, es ist erst fünf Uhr." Demonstrativ hielt ich ihr meine Armbanduhr unter die Nase, aber sie schüttelte nur unwillig den Kopf.

Ich klingelte bei meiner Tochter und gemeinsam schleppten wir Mutter wieder die Treppe hoch, brachten sie in ihre Wohnung und setzten sie in ihren Sessel.

„Du bleibst jetzt hier sitzen und rührst dich nicht! Ich stelle dir den Fernseher an, damit du keine Langeweile

hast. Wenn ich die Küche aufgeräumt habe, mache ich dir das Abendessen."
Gereizt dachte ich: ‚Wieso konnte sie plötzlich ganz allein die Treppe hinunterlaufen, während sie sonst keinen Schritt machen kann?' Schon öfters hatte ich beobachtet, dass sie, wenn sie selbst etwas wollte, plötzlich fast alles konnte. Aber wenn sie eine Anordnung von mir ausführen sollte, konnte sie diese nicht umsetzen. Für mich war das alles sehr schwer zu verstehen und einzuordnen. Immer wieder entwickelte sich natürlich auch in mir selber das Gefühl, dass sie etwas gegen mich hätte, deswegen bestimmte Sachen einfach nicht machen würde. Mit diesen Gefühlen umzugehen, dürfte eines der schwierigsten Probleme bei der Pflege demenzkranker Angehöriger sein.

Mit der Post war eine Beerdigungsanzeige gekommen. ‚Endlich ist die über 90-jährige, bettlägerige Tante Min gestorben', dachte ich, öffnete den Brief, las ihn und war wie gelähmt. Statt der Tante war im Alter von 66 Jahren meine Cousine verstorben. Jahrelang hatte sie ihre demenzkranke Mutter gepflegt, für die Familie gesorgt, und nun war sie innerhalb von nur drei Monaten an einem aggressiven Krebs zugrunde gegangen. Ob die seelische Belastung dazu beigetragen hatte? ‚Hoffentlich passiert mir nicht auch so etwas', dachte ich erschüttert.
Ich wählte Tinas Nummer, um ihr vom Tod der Cousine zu berichten. Doch meine Tochter interessierte sich in diesen Tagen nicht für mein Innenleben. Sie war immer

noch ärgerlich über mich, weil ich Mutter in die Kurzzeitpflege geben wollte.

Die ganze Woche über war Mutter ruhelos, oft durcheinander. Entweder stand sie nachts auf und suchte Geld, lag anschließend quer im Bett oder wollte morgens nicht aufstehen, sich nicht von Tina anziehen lassen, weil sie nicht wusste, wer „die Frau" war.
Auch hatte sie in ihren Träumen nachts gearbeitet, angeblich mit viel Schmierseife Fußböden geschrubbt, anschließend mit grünem Bohnerwachs eingerieben und blankgeputzt.
Wie kam Mutter nur auf solche Ideen, auf solche Wahnvorstellungen? Erinnerungsmomente aus der Kindheit?

27. Juli
Das Telefon klingelte. „Mama, kannst du schon heute Morgen kommen? Ich möchte mit Noah in den Zoo gehen."
„Geht leider nicht, ich bin am Kuchenbacken. Weil Sonntag ist, wollten wir doch alle gemeinsam mit Oma Kaffee trinken."
Tina hatte es vergessen, war aber trotzdem eingeschnappt. Sie wollte außerdem ihren Urlaub stornieren, weil ich gesagt hatte: „Vielleicht muss Oma auch für ganz in ein Heim, wenn du ab Oktober wieder arbeiten musst, die drei Jahre Mutterschutz zu Ende sind."
Sie schimpfte mit mir, wollte kündigen und Oma notfalls allein pflegen. Patzig sagte sie: „Du brauchst gar

nicht mehr kommen. Ich kümmere mich schon um Oma, damit sie von dir nicht abgeschoben wird."
Natürlich verstand sie nicht, dass ich es nur gut mit ihr meinte, sie schützen wollte. Sie war schon mit ihrem dreijährigen Sohn genügend ausgelastet, der einen schier unbefriedigbaren Entdeckungsdrang hatte, alles allein können wollte und dauernd fragte: „Wieso? Weshalb? Warum?"
Und ich musste schließlich alles früh genug planen, Anträge bei der Krankenkasse stellen und so weiter. Nie habe ich etwas schriftlich oder telefonisch erledigt. Ich bin jedes Mal selber zur Krankenkasse gegangen. Alle Anträge, Erneuerungen oder sonstiges ließ ich von ein und demselben Angestellten bearbeiten. Ein netter älterer Herr, der vieles umgehend erledigte, mir wertvolle Tipps gab und mir erklärte, welche Gelder ich zusätzlich beanspruchen könne.

Den Sonntagnachmittagskaffee mit Mutter hätte ich mir an diesem Tag allerdings sparen können. Sie wollte ihr Stück Kuchen allein im Wohnzimmer essen, weil wir angeblich zu laut für sie wären. „Mehrere Personen in einem Raum kann ich nicht ertragen."
Schade, dabei hatte ich extra für sie den Küchentisch mit einem weißen Damasttischtuch und dem guten Service gedeckt! Tief durchatmen, einmal durch den Garten gehen und sich abreagieren.
Die Luft war schwül, drückend, und der Himmel sah gelblich fahl aus. „Wird bestimmt ein Gewitter geben", meinte mein Mann, der mir nachgekommen war.

„Hoffentlich hält das Holzgerüst mit den bunten Duftwicken. Sie stehen gerade in voller Blüte." Ich pflückte eine ab und reichte sie ihm.

„Nimm doch einen ganzen Strauß mit, bevor sie eventuell verregnen."

„Gute Idee!" Ich bedankte mich mit einem Kuss auf seine Wange. Er lachte und meinte: „Viel lieber würde ich ja bei dir im Garten bleiben, aber ehe Mutter wieder etwas anstellt, gehe ich lieber nach oben und schaue nach ihr."

Nachdem ich Mutter das Abendessen hingestellt hatte, ging ich nach unten und bat Tina: „Hilfst du mir, Oma auszuziehen?"

Sie maulte und schickte mir meinen Mann hoch, der inzwischen unten mit dem Kleinen gespielt hatte. Von ihm wollte sich die alte Frau aber nicht ausziehen lassen. Also musste ich es notgedrungen allein machen. Es war sehr anstrengend und schmerzhaft für meine Hände.

Kommentar meiner noch immer sehr ärgerlichen Tochter: „Stell dich nicht so an. Mir tut auch oft etwas weh."

‚Blödes Kind', dachte ich wütend. ‚Dabei bin ich, wenn es eben möglich ist, immer für sie zur Stelle.' Ich hatte eigentlich sogar gehofft, sie würde fragen, wie es mir heute ginge, doch stattdessen kamen Vorwürfe!

Auch dies eine typische Situation bei der Pflege demenzkranker Angehöriger. Dauernd über Tod und Leben nachzudenken, dem kranken Menschen stets die richtige Antwort zu geben, ist sehr belastend. Unweigerlich wird man auch mit der eigenen Existenzfrage konfrontiert. Ein Teufelskreis, bei dem man nur froh sein kann, wenn ein verständnisvoller Partner, ein Freund, eine Freundin oder die Kinder zumindest gelegentlich zuhören. Antworten können auch sie nicht geben, aber allein das Zuhören ist hilfreich.

Das Ergebnis meiner Untersuchung beim Orthopäden war auch nicht gerade aufbauend: Wenn sich meine Hände nicht bald besserten, würde ich Spritzen in die Finger bekommen.
Vorsichtshalber machte ich morgens und abends Wechselbäder und massierte sie mit stark kühlender Creme, die es leider nicht auf Rezept gab.

Am darauffolgenden Dienstag fuhr ich in Begleitung ehemaliger Arbeitskollegen am frühen Morgen mit der Bahn nach Cuxhaven, um viel Sonnenschein, blauen Himmel, blaues Meer und lange Strandspaziergänge zu erleben und mir den Wind um die Nase wehen zu lassen. Mittagessen gab es in einem kleinen gemütlichen Fischrestaurant mitten in der Stadt. Später saßen wir am Hafen und betrachteten vorbeifahrende, riesige Containerschiffe, normale Handelsschiffe und kleine Schnellboote. Es war schön und entspannend für mich. Ein Urlaubstag, den ich gut gebrauchen konnte.

Am Mittwoch feierte meine Enkeltochter Katharina ihren 18. Geburtstag. Weil sie mit den Eltern in der

Stadt frühstücken wollte, musste ich schon früh zu Mutter kommen. Wegen meiner Hände konnte ich schlecht Auto fahren, das Lenkrad halten, darum brachte mich meine andere Tochter hin. Eva war selbstständig, betrieb ein Nagelstudio und konnte sich die Zeit einteilen. Sie half mir unter anderem dabei, die restlichen Bohnen einzukochen.
Mutter meckerte mal wieder. Sie wollte unbedingt in den Keller gehen, das würde sie ja angeblich jeden Tag machen. Außerdem wollte sie eine große laute Klingel haben, denn den ganzen Tag würde sie nach uns rufen, aber keiner halte es für nötig, nach ihr zu sehen. Keiner brächte ihr neues Mineralwasser.
„Mein Gott, ist Oma anstrengend!"
Eva war echt schockiert.
„Da siehst du mal, was wir jeden Tag aushalten müssen."

Inzwischen war es August geworden und wie üblich fuhr ich nachmittags zu Mutter. Ich holte sie aus dem Bett, zog ihr neue Windelhosen an – obschon sie sich noch immer weigerte, weil die vielen Wechsel viel zu teuer seien –, brachte sie ins Wohnzimmer, setzte mich zu ihr und fragte: „Wie geht es dir heute?"
„Wie immer. Schrecklich, dass ich alles vergesse. Warum arbeitet mein Gehirn, mein Gedächtnis nicht richtig? Diese vielen Tabletten ... Sie müssen doch endlich wirken."
„So schnell geht das halt nicht", tröstete ich sie.
Wenn Mutter klar war, versuchte sie, ihre Krankheit zu ergründen. Am meisten machte ihr das Zittern in den

Händen zu schaffen. Oft musste ich sie füttern, weil sie sonst den Löffel nicht in den Mund bekam, alles vorher verschüttete.

Nach dem Abendessen brachte Tina Mutter ins Bett, damit ich meine Hände schonen konnte. Dafür war ich ihr wirklich unendlich dankbar.

Zu Hause dachte ich über Mutters Zittern nach. Ob sie vielleicht auch Parkinson hatte? Im Internet las ich, dass diese Krankheit erstmals von dem englischen Arzt James Parkinson im Jahr 1817 beschrieben wurde.

Sie betrifft überwiegend ältere Menschen. Etwa 80 % der Patienten leiden bereits Jahre vorher an typischen Schlafstörungen, Verstopfung und innerer Unruhe.

Nach und nach fallen ihnen feinmotorische Handgriffe wie das Kämmen, Zuknöpfen von Hosen und Blusen oder Schreiben immer schwerer. Die Handschrift wird stets kleiner, schlecht lesbar.

Stimmt! Das war mir doch bereits beim Notar aufgefallen, als Mutter den Vertrag unterschreiben musste.

In fortgeschrittenem Stadium sind schnelle Bewegungen nicht mehr möglich. Der Patient scheint mit den Füßen am Boden zu kleben, geht vornüber gebeugt mit kleinen Trippelschritten. Seine Gesichtsmimik erstarrt zunehmend und die Stimme verliert an Resonanz, wird leiser.

Genau wie bei Mutter. Sie sprach fast nur noch, wenn sie gefragt wurde, und ihre Antworten kamen oft sehr zögerlich und leise.

Nach langer Zeit kamen meine Schwester und mein Schwager, um Mutter zu besuchen. Wie alle Men-

schen, die nicht dauerhaft mit der Pflege eines Demenzkranken betraut sind, meinten sie, uns wichtige Hinweise für die Pflege geben zu müssen. Wir sollten öfter mit Mutter draußen spazieren gehen. Sie müsste sich mehr bewegen, wäre zu blass, müsste an die frische Luft. Mein Schwager hob Mutter aus dem Sessel, reichte ihr die Hand und wollte mit ihr zum Balkon gehen. Doch sie war nicht in der Lage, einen Fuß vor den anderen zu setzen. Er musste sie stützen, sonst wäre sie hingefallen. ‚Immer diese guten Vorschläge!' Insgeheim lächelte ich.
Weil Mutter zu sehr zitterte, der Besuch hatte sie sehr aufgeregt, musste ich sie abends füttern.
Windelhosen wechseln, ausziehen und ins Bett heben wurde für mich immer schwieriger, da ich sie wegen meiner Hände kaum halten konnte. Als Mutter an diesem Abend im Bett lag, bedankte sie sich bei mir.
„Ist doch selbstverständlich!" Ich streichelte ihr über die Wangen und wünschte ihr eine gute Nacht.
Beim Abwasch in der Küche hörte ich, wie mein Mann unserem dreijährigen Enkel im Wohnzimmer erklärte: „Auf eine Schraube muss eine Mutter." Der Kleine schüttelte sich vor Lachen und meinte: „Aber Opa, das geht doch nicht. Wie soll Mama denn auf die Schraube kommen?" Jetzt lachten beide, und ich dachte: ‚Das Leben hat doch noch schöne Seiten.'

An nächsten Tag wollte Mutter unbedingt ins Dorf. „Ich muss eine Stange Zigaretten und etliche Schachteln Streichhölzer kaufen."

„Aber Mutter, bei uns raucht doch keiner."
Nur mit viel Überredungskunst blieb sie in ihrem Sessel sitzen. Alle Streichhölzer und Kerzen, die ich in ihrem Haushalt finden konnte, hatte ich aus Furcht, dass sie die Wohnung anzünden könnte, schon vor einiger Zeit entsorgt.

Wenn bei uns das Telefon klingelte, musste ich sofort an Mutter denken. Und ich lag richtig, auch an diesem Tag. Genervt erzählte mir Tina: „Ich war fast die ganze Nacht bei Oma oben. Das erste Mal um ein Uhr. Oma war aufgestanden, fand aber das Bett nicht mehr. Das zweite Mal war ich um drei Uhr oben. Oma lag quer über ihrem Nachtschrank. Gott sei Dank hat sie sich dabei nicht wehgetan. Das dritte Mal um sechs Uhr. Diesmal lag Oma halb im Bett, die Füße auf dem Stuhl, der immer vor ihrem Bett steht."
„Ich komme etwas früher, dann kannst du dich mittags hinlegen und den Schlaf nachholen."

Am Donnerstag musste meine Tochter zeitig zum Arzt, sodass ich schon um acht Uhr bei Mutter sein musste. Zuerst bereitete ich für meinen Enkel das Frühstück: eine Schnitte Brot mit Rührei und eine Tasse heiße Schokolade, die er mit einem Strohhalm trank, weil Oma für ihren Kaffee ja auch einen Strohhalm benutzte. Oma wollte kein Rührei, sondern lieber einen Toast mit selbst gemachter Erdbeermarmelade.
Später saß sie im Wohnzimmer und sah fern, während ich zusammen mit Noah die Wohnung saugte. Der

Kleine musste schwer arbeiten, den klobigen Staubsauger von einem Zimmer ins andere ziehen. Beim Mittagessenkochen durfte er auch mithelfen. Es gab Linsensuppe und als Nachtisch Rote Grütze mit reichlich Sahne. Anschließend zupften Noah und ich zwischen den Büschen im Vorgarten das Unkraut aus und pflanzten am Haus entlang ein paar gelbe Tagetes.
Vor lauter Arbeit hätten wir fast das Mittagessen vergessen. Also schnell rein, Hände waschen, Tisch decken, hinsetzen und essen, dann Mutter füttern, ausziehen, Windelhose wechseln und ins Bett bringen.
Anschließend hieß es Noah ausziehen, Windelhose wechseln und auch ins Bett bringen, was bei dem Kleinen erheblich einfacher war. Ach ja, Teddy Knut musste auch mit ins Bett, musste auch Mittagschlaf halten.
Ich setzte mich während der Mittagszeit ins Wohnzimmer und las in der mitgebrachten Apothekenzeitung einen Bericht über Demenz und Parkinson. *Das Zittern und die vielen kleinen Trippelschritte sind markante Merkmale.*
Mutter hatte auch Parkinson, vermutete ich und rief bei Doktor Müller an. Wir vereinbarten einen Hausbesuch in der folgenden Woche.
Abends kam ich endlich zur Ruhe, konnte ein Buch lesen und mich entspannen.

Samstagmorgen. In der Frühe hatte ich noch rasch einen Zitronenkuchen gebacken und mit zu Mutter genommen. Zum Kaffee aß sie liebend gern etwas Süßes. Seltsamerweise wollte sie aber so gut wie nie

Schokolade essen. Vielleicht war der Schokoladengeschmack zu bitter?
Statt wie früher nachmittags im Liegestuhl zu sitzen und mich bei dem schönen warmen Wetter zu sonnen, musste ich nun im Garten arbeiten. Auf Dauer war das zu viel für mich. Andersherum war es natürlich praktisch, frisches Gemüse ohne jegliche Chemie zu ernten.
Mutter stand plötzlich unten bei Tina vor der Tür und musste wieder hochgebracht werden. Etwas später sah ich vom Garten aus, dass sie die Jalousien in der Küche herunterließ. Ich ging hoch und brachte sie zurück ins Wohnzimmer, setzte sie in ihren Sessel. Als ich die Etagentür hinter mir schließen wollte, stand sie schon wieder im Flur.
„So geht das nicht, Mutter. Bleib im Sessel sitzen und schau aus dem Fenster. Zähl meinetwegen die vorbeifahrenden Autos. Wir haben keine Zeit, dauernd hochzukommen."
Ob Mutter durch das viele Laufen müde geworden war? Ich weiß es nicht. Jedenfalls wollte sie sehr früh ihr Abendessen.
Um sechs Uhr lag sie schon im Bett. Ich setzte mich noch eine Weile zu ihr und berichtete ihr, was ich im Garten gearbeitet hatte: „Das hintere Stück Land, wo der Pflaumenbaum steht, habe ich umgegraben und geharkt. In der nächsten Woche will ich dort Grünkohlpflanzen setzen. Wird höchste Zeit. Die Ernte fällt sonst zu mickrig aus, reicht nicht für zwei Familien."

Als ich mich verabschiedete und ihr sacht über die Wange strich, sagte sie: „Kind, du musst deine Hände einreiben. Sie sind ganz rau."
„Halb so schlimm, Mutter. Aber ich werde deinen Rat befolgen." Überrascht entdeckte ich einen Anflug von Lächeln in ihrem Gesicht.
Als Mutter noch den Garten bewirtschaftet hatte, sahen ihre Hände auch stets rau und rissig aus. Inzwischen hatte sie schöne, gepflegte Hände. Hände, wie die eines Pianisten.

Wieder ein Sonntag bei Mutter. Wieder 15 km hin und 15 km zurück. Bei den hohen Benzinpreisen eine teure Angelegenheit.
Ach, wie gerne wäre ich zu Hause geblieben, hätte Freunde zum Kaffee eingeladen oder wäre mit meinem Mann nach Bad Rothenfelde gefahren, um die Salinen spaziert und hätte die salzige Luft eingeatmet, hinterher im Café einen Cappuccino und ein Stück Stachelbeertorte mit Sahne genossen.
Sieben Mal die Woche zu Mutter war ganz schön anstrengend. Nicht nur körperlich, nein, auch seelisch, da ich vorher nie wusste, in welchem Zustand sie sich jeweils befand. Nie konnte man sich auf irgendetwas einstellen.
Heute traf ich sie in der Küche an, wo sie vertrocknete Blumen in den Mülleimer warf, sich dabei sogar tief bücken konnte.
Eine halbe Stunde später erzählte sie mir, dass eine Frau ihre Wäsche geholt und in der Wohnung über ihr

zum Trocknen aufgehängt hätte. Ich versuchte, ihr die Sache auszureden: „Im Dachgeschoss wohnt ein junger Mann, und der hängt deine Wäsche bestimmt nicht auf."

„Ich habe aber gesehen, wie die Frau mit der Wäsche auf dem Arm nach oben gegangen ist. Meint ihr alle, ich sei senil? Ich weiß doch, was ich gesehen habe." Ärgerlich klopfte sie mit der flachen Hand auf die Sessellehne.

‚Lass sie. Halt dich zurück. Es bringt doch nichts. Einer Demenzkranken soll man nie widersprechen, sonst gibt es noch mehr Ärger', dachte ich. Doch manchmal musste ich ihr vor Augen führen, dass sie unrecht hatte. Bestimmte Sachen konnte ich nicht einfach so im Raum stehen lassen, versuchte, sie laut schimpfend richtigzustellen. Hinterher tat es mir stets leid und ich ärgerte mich über mich selber. Warum reagierte ich so empfindlich? Ich wusste doch genau, dass es nichts brachte, allenfalls noch mehr ihren Unmut herausforderte.

Zum Abendbrot bekam Mutter einen Salat, frisch aus dem Garten. Vitamine, die sie dringend brauchte. Sie hatte wieder etwas abgenommen, wog nur noch 43,5 Kilo. Als sie im Bett lag, sah sie mich an und flüsterte: „Danke für alles."

Ich war den Tränen nahe, bückte mich über sie und küsste sie zum Abschied auf die Stirn.

Mit der Apotheke gab es oft Probleme. Ich bekam nicht das, was der Arzt für Mutter aufgeschrieben hatte. Manchmal war es ein anderes Medikament oder eine kleinere Menge, da die größere Packung nicht vorrätig war. Also musste ich zurück zum Arzt, das Rezept ändern lassen und wieder zur Apotheke zurückgehen. Wenn ich Glück hatte, kam ich sofort an die Reihe. Auch war es schwierig, ein Dauerrezept für Bettunterlagen und Windelhosen zu bekommen. Nachdem ich ein Schreiben von der Krankenkasse vorlegen konnte, klappte es schließlich. Jetzt brauchte ich nur bei der Firma Corona Medizintechnik in Wesseling anrufen, und am nächsten Tag war die Lieferung da.

Inzwischen schreiben die Krankenkassen ihren Mitgliedern genau vor, bei welcher Firma sie kaufen dürfen und bei welcher nicht. Bürokratie an allen Ecken und Enden, als wäre man mit der Pflege selbst nicht schon genügend belastet.

Am Mittag war der Arzt da. Er hatte Mutter kurz untersucht und meinte, es könne sich bei ihr tatsächlich um Parkinson handeln. Er verschrieb Tabletten, von denen sie morgens und abends zusätzlich eine nehmen sollte. Außerdem riet er mir dringend, bei der Krankenkasse einen Antrag auf Pflegestufe 2 zu stellen. Von der Pflegeleistung, das heißt von den Arbeitsminuten her, stände sie uns schon längst zu.

Tina hatte darüber genau Buch geführt und meine Zeiten von nachmittags bis abends mit aufgeschrieben. Stets hatte sie auch Mutters Gewicht notiert. Mal war es ein Kilo mehr und dann wieder erheblich weniger, aber im Grunde genommen nahm Mutter kontinuierlich von Woche zu Woche ab.

Kein Wunder, dass sie keine Kraft mehr hatte, oft davon sprach, dass sie nicht mehr leben wollte.

„Hast du keine Angst vor dem Tod?", habe ich sie einmal gefragt.

„Nein. Ich bin es einfach leid zu leben. Bin es leid, mich jeden Morgen aufzuraffen. Und wofür? Sieh mich doch an! Ich bin für euch doch nur noch eine Last. Ich wäre froh, wenn es endlich vorbei wäre."

Ich konnte sie verstehen. Wenn man müde, ausgezehrt ist, will man schlafen, und sei es der ewige Schlaf.

Beispiel von Tinas Tagesberichten, die als Nachweis dienten, um die Pflegestufe 2 zu bekommen

Donnerstag, 14. August

Nachdem ich Mutter nachmittags aus dem Bett geholt, Windelhosen gewechselt und ins Wohnzimmer gesetzt hatte, musste ich die restlichen Bohnen pflücken. Anschließend habe ich die Bohnensträucher ausgerupft, in große Plastiksäcke gestopft, ins Auto getragen und zur Gründeponie gefahren.

Das Stück Erde umzugraben, war eigentlich zu schwer für mich, weil ich immer noch eine Sehnenentzündung in den Händen hatte.

Zwischendurch musste ich ins Haus und nach Mutter sehen. Sie wollte dauernd etwas anderes, bat mich schließlich: „Kannst du dich nicht neben mich setzen und meine Hand halten?"

„Aber Mutter, wer soll dann den Garten fertig machen?"

„Wenn ich doch bloß wieder richtig laufen könnte, dann würde ich dir helfen."

„Wunder gibt es leider heutzutage nicht mehr."

Um 18:30 Uhr wollte sie freiwillig ins Bett. Gestern hatte sie sich geweigert. Wollte partout aufbleiben und fernsehen. „Mache ich doch jeden Abend. Also los, stell mir die Nachrichten an!", forderte sie resolut. Dieser Befehlston passte eigentlich gar nicht zu ihr. Aber bitte, wenn sie unbedingt fernsehen wollte.

In der Hoffnung, dass ihr Bett über Nacht trocken bleiben würde, zog ich ihr die neue, dickere Windelhose an, gab ihr die neu verordnete Tablette und deckte sie nur leicht zu. „Es wird dir sonst zu warm."

Mutter nickte zustimmend und fragte: „Wann kann ich mich wieder selber ausziehen und ins Bett gehen?"

„Ich weiß es nicht. Vielleicht wirken die neuen Tabletten besser." Ich stellte ihr noch ein Glas Mineralwasser auf den Nachttisch und fuhr nach Hause.

Wenn mein Mann Zeit hatte, fuhr er mit zu Mutter, setzte sich eine Weile zu ihr, las ihr die Zeitung vor oder erzählte ihr etwas. Plötzlich sagte sie: „Ich war heute morgen in der Stadt bei einem Arzt. Stell dir vor, ich sollte mich dort in ein Bett legen, aber ich wollte nicht. Hab doch zu Hause ein Bett."
„Gut, dass du so reagiert hast. Dein eigenes Bett ist doch super. Hat sogar eine Haltevorrichtung."
Ich war froh, dass mein Mann sich nicht mehr mit Mutter stritt. Er hatte seine Ruhe und sie war mit sich und der Welt zufrieden.
Gegen Abend wollte Mutter unbedingt von mir gekämmt werden.
„Hast du eine Verabredung mit einem netten jungen Mann? Eventuell mit dem Arzt von heute Morgen?", fragte ich sie.
„Unsinn! Meine Haare müssen in Ordnung sein, falls ich über Nacht für immer die Augen zumachen sollte."
„Bis auf deine Demenz bist du doch gesund. Warum solltest du plötzlich sterben?"
„Ich will aber nicht mehr leben."
„Das muss der liebe Gott entscheiden."
„Und wenn ich nicht mehr esse und trinke?"
„Dann bekommst du starke Schmerzen, und in den Himmel kommst du später auch nicht. Für Selbstmörder ist dort kein Platz."

Um sie auf andere Gedanken zu bringen, hielt ich ihr den Spiegel hin, damit sie ihre Frisur betrachten konnte.
„O Gott, sind meine Augen groß. Sie beherrschen das ganze Gesicht!"
„Ja, wie bei der Großmutter von Rotkäppchen. Großmutter, was hast du für große Augen? Damit ich dich besser sehen kann. Großmutter, was hast du für einen großen Mund? Damit ich dich besser fressen kann. Gut, dass du nie so einen riesigen Hunger hast."
Lachend sah ich sie an. Mutter verzog etwas das Gesicht, bekam aber kein Lächeln zustande. Ein Ausdruck von unendlicher Traurigkeit lag in ihren großen, dunklen Augen.
Diesen ganzen Tag war sie vollkommen klar gewesen. Dann gab es wieder Zeiten, in denen sie völlig durcheinander war. Für mich ein Wechselspiel der Gefühle. Mal hatte ich Mitleid mit ihr, mal wünschte ich sie zum Teufel. Ich habe sogar nachts am Schlafzimmerfenster gestanden, zum Himmel geschaut und meinen verstorbenen Vater angefleht: „Bitte Papa, hol endlich deine Frau zu dir!"

Mutter war wieder einmal allein in der Wohnung herumgelaufen, wollte etwas in den Küchenmülleimer werfen und fiel dabei vornüber auf den Boden. Bis meine Tochter sie dort fand, war natürlich einige Zeit vergangen. Zum Glück hatte sie sich nichts gebrochen, hatte nur Blutergüsse an der Hand und am Arm.
Nachmittags kam Annkathrin, Mutters beste Freundin zu Besuch, die mit ihren 90 Jahren noch recht rüstig war.

„Die Schokolade kannst du gleich wieder mitnehmen. Ich will keine!", war Mutters erster Kommentar.

„Ich dachte, ich mache dir damit eine Freude. Beim letzten Besuch hast du mir doch erzählt, dass du mittlerweile gerne ein Stück Schokolade isst."

„Jetzt aber nicht mehr. Den Blumenstrauß will ich auch nicht. Außerdem will ich keinen Besuch. Einmal im Jahr reicht."

Irritiert sah Annkathrin ihre Freundin an. Sollte sie sich nun zu ihr setzen oder nicht? Inzwischen hatte ich die roten Moosröschen in einer Glasvase auf den Wohnzimmertisch gestellt.

„Sag Annkathrin, sie soll gehen. Ich bin krank. Habe Lungenentzündung!", befahl mir Mutter harsch.

Ich war völlig überrascht. „Du bist gesund. Dir fehlt doch überhaupt nichts."

„Doch, doch!" Weiter vor sich hinmurmelnd, zeigte sie auf ihre Brust und hustete. Ein Glück, dass Annkathrin schwerhörig war und nicht alles mitbekam.

Wieso war Mutter so ablehnend gegenüber ihrer Freundin? Ich verstand es nicht. Sonst freute sie sich immer, wenn jemand zu Besuch kam, sich mit ihr unterhielt, ihr den neuesten Tratsch aus dem Dorf erzählte.

Irritiert brach Annkathrin nach zehn Minuten auf. Ich begleitete sie zur Tür und entschuldigte mich bei ihr für Mutters Benehmen.

„Lass gut sein. Ich verstehe es schon. Es kommt durch diese Krankheit."

„Da hast du recht. Demenz verändert den Menschen völlig."

Abends hatte Mutter sich wieder beruhigt und ließ sich anstandslos von mir ins Bett bringen.

Als sie so dalag, das hagere Gesicht umrahmt von dünnen, fast weißen Haaren, tat sie mir unendlich leid und im Stillen dachte ich: ‚Lieber Gott, hol sie endlich zu dir in den Himmel. Es wäre für uns alle besser!'

Hatte ihr Leben noch Sinn? Wenn ja, für wen? Sie konnte nicht mehr gut laufen, sitzen, liegen, schon allein stehen kostete sie enorme Kraft, und es gelang ihr nur noch selten. Fast täglich klagte sie über starke Schmerzen, vor allem im Rücken. Schmerztabletten halfen für einige Stunden, belasteten aber den Magen, also musste sie zusätzlich Magentropfen nehmen. Dazu die vielen anderen Tabletten, die auch alle Nebenwirkungen hatten, ihren ohnehin geschwächten Körper zusätzlich belasteten.

Hilflos dem Leiden eines geliebten Menschen zusehen zu müssen, zu erleben, wie er Tag für Tag weiter verfällt und sich nicht dagegen wehren kann, war eine enorme Belastung für unsere Familie, die sie auch an eigene Grenzen führte.

Ein paar Tage später war ich schon sehr früh bei Mutter, holte sie aus dem Bett, brachte sie in die Küche, kämmte sie, band ihr das Lätzchen um und setzte sie an den Tisch. Ich stellte ihr eine Tasse Kaffee mit Strohhalm und ein Stück Topfkuchen hin, den sie prima mit den Fingern essen konnte.

„Schmeckt dir der Kuchen? Habe ich heute Morgen für dich gebacken."

„Schmeckt gut, nur die Sahne fehlt."
„Tut mir leid, die habe ich vergessen. Jammerschade, dass du keinen Kuchen mehr backen kannst. Dein Frankfurter Kranz war bei allen sehr beliebt."
„Wenn ich endlich wieder zu Hause wäre, könnte ich vielleicht auch Kuchen backen. Das Rezept muss in der Küchenschublade liegen."
„Aber du bist doch zu Hause!"
„Nein, ich wohne in Bissendorf, direkt an der Straße."
„Okay, und wo bist du jetzt?"
„In Natbergen natürlich. Hier bin ich auf Besuch, das weißt du doch."
„Aber nein, Mutter. Du bist hier zu Hause. Dies ist deine Wohnung."
Ungläubig sah sie mich an.
Nach dem Kaffee brachte ich Mutter langsam, Schritt für Schritt, ins Wohnzimmer und stellte sie ans Fenster.
„Schau nach draußen. Was siehst du gegenüber?", fragte ich sie.
„Das Fachwerkhaus vom Maler."
„Richtig, also bist du zu Hause. Du wohnst hier in der ersten Etage."
„Komisch!" Kopfschüttelnd setzte sie sich in ihren Sessel.
Abends im Bett fing sie wieder an. Sie wollte unbedingt nach Hause, wollte zu ihrer Mama, wollte zu ihr ins Bett, wollte mit ihr kuscheln, weil sie sich so einsam fühlte.
„Also gut, wenn du ruhig liegen bleibst und gleich schläfst, bringe ich dich morgen nach Hause zu deiner Mama."

Dankbar nahm Mutter meine Hand, drückte und streichelte sie. Wie weit würde ihr Verfall noch gehen? Wie lange würde ich es noch durchhalten können, eine Art Mutter für meine eigene Mutter spielen zu müssen?

Freitag, der 22. August
Es war für mich ein schöner Urlaubstag, eine Bustour mit den Kegelclub-Damen nach Holland, nach Groningen. Die Stadtführung war sehr interessant. Anschließend bummelten wir über den weitläufigen Wochenmarkt, aßen frischen Backfisch, plauderten und lachten. Es tat richtig gut, die Seele baumeln zu lassen und einmal nicht an Mutter zu denken. Besonders da ich meinen geplanten Urlaub nach England stornieren musste.

Am nächsten Tag fuhren mein Mann und ich wieder zu Mutter. Sie saß bereits aufrecht im Bett und wartete darauf, dass ich ihr beim Aufstehen helfen würde. Statt uns zu begrüßen, brummelte sie grantig: „Ihr habt mich wohl vergessen, aber noch bin ich nicht tot."
„Wie kannst du nur so was sagen. Schau mal auf die Uhr. Wir sind heute sogar eine halbe Stunde früher gekommen."
Trotzdem hatte ich immer ein schlechtes Gewissen. Aber wie sollte ich es ändern? Ich konnte nicht zu ihr ziehen, nicht bei ihr wohnen. Ich hatte einen Mann, einen Haushalt und einen eigenen Garten, eigene Freunde und Bekannte, um die ich mich auch kümmern

musste. Meine Freundinnen fühlten sich sowieso schon alle vernachlässigt, da ich an keinem Kaffeenachmittag mehr teilnehmen konnte.
Rasch half ich ihr aus dem Bett, brachte sie ins Wohnzimmer und setzte sie in ihren lindfarbenen Lieblingssessel. Gott sei Dank wollte sie fernsehen, sodass ich mit Mann und Enkel Noah einen Spaziergang um den kleinen, idyllischen Sonnensee machen konnte. Ich dachte, es wäre Erholung, aber weit gefehlt.
„Wieso? Weshalb? Warum?" Der Kleine musste alles genau betrachten, musste alles genau untersuchen, wollte alles genau erklärt haben.
„Pass auf, wo du herfährst. Da liegt doch eine tote Schnecke." Ehe ich mich versah, war der rote Roller geparkt und Klein Noah lag auf dem Bauch mitten auf dem Weg und betrachtete interessiert die dicke rote Schnecke.
„Was ist tot, Oma?"
„Wenn man sich nicht mehr bewegt. Du siehst doch, dass sie kaputt ist!"
„Macht nichts!" Er sprang auf, lief zu seinem Roller und rief: „Ich fahr schnell nach Haus und hol meinen Werkzeugkasten."
„Tolle Idee, aber bei toten Schnecken hilft der auch nicht. Die kann man nicht mehr reparieren."
Entmutigt trottete er mit seinem Roller neben uns her. Zwei Minuten später ging die Fragerei von vorne los.
„Warum ist das Wasser blau? Weshalb darf ich diese Blumen nicht pflücken? Wieso sind kleine Schwäne grau?"

„Frag Opa, der erklärt es dir."
Ich hatte keine Lust mehr, mich mit dem Kleinen zu beschäftigen. Ich wollte meine Ruhe haben, wollte neue Kraft aus der Natur schöpfen. Mein Mann zeigte sich verständnisvoll. Mit Blick auf den Enkel meinte er: „Manche Fragen lassen sich besser unter Männern besprechen." Dankbar stimmte ich ihm zu.

Montag
Heute Morgen musste ich zum Arzt, genauer gesagt zum Hautarzt. Er stellte fest, dass der rote Punkt an meinem Hals entfernt werden müsse, weil er krebsverdächtig wäre. Ich solle mir einen Termin im Vorzimmer geben lassen. Wir einigten uns auf einen operativen Eingriff in der darauffolgenden Woche am Donnerstag.
‚Auch das noch!', dachte ich. ‚Aber so ein kleines Pünktchen zu entfernen, wird bestimmt nicht schmerzhaft sein. Außerdem wird die Stelle ja vereist.' Ich sprach mir selber Mut zu und hoffte, dass es gutartig sei.
Nachmittags fuhr ich nicht zu Mutter, arbeitete lieber bei mir im Garten, um nicht an den OP-Termin zu denken. Abends war ich mit einer Freundin im Kino, ‚Mamma Mia' mit Meryl Streep. Ein lustiger Musikfilm mit den Songs von ‚Abba'.
Bis auf den Arzttermin war es heute ein schöner Tag.

Dienstag
Um 14 Uhr hatte Mutter ihren Mittagsschlaf beendet. Ich holte sie aus dem Bett und machte ihr Kaffee. Anschließend habe ich im Garten Unkraut gehackt und

Zucchini gepflückt. Dieses Jahr gab es eine reiche Ernte, ich würde sie an meine lieben Nachbarn mit verteilen. Selber wollte ich eine Zucchini-Suppe mit einem Hauch Zitrone kochen, die mein Mann inzwischen sehr gerne aß.

Rezept: Eine oder zwei Zucchini waschen, abschälen, in Scheiben schneiden und mit einer zerkleinerten Zwiebel und etwas Porree in einen Topf legen. ½ l Wasser angießen und einen Teelöffel gekörnte Brühe dazugeben. Auf höchster Stufe weich kochen. Mit einem Pürierstab zerkleinern, etwas Sahne angießen und mit Salz und grobem Pfeffer abschmecken. Anschließend einen Tropfen Zitronenaroma (benutzt man zum Backen) dazugeben und umrühren.

Zum Abendessen bereitete ich für Mutter einen frischen Salat zu. Etwas Saures aß sie gerne. Nachdem ich sie ausgezogen und ins Bett gehoben hatte, setzte ich mich noch eine Zeit lang zu ihr. Ich berichtete ihr, dass ich den ganzen Nachmittag im Garten gearbeitet hätte.

„Dass du mir ja nicht vergisst, im Frühjahr den Garten zu düngen. Ist sehr wichtig!" Scherzhaft drohte mir Mutter mit dem Zeigefinger.

„Bestimmt nicht! Ich besorge mir Dünger aus der Mühle, da ist er preiswerter", antwortete ich ihr.

Mittwoch
Heute habe ich meine eigene Wohnung aufgeräumt und Wäsche gewaschen. Mein Mann besuchte in der Zeit Mutter.

Tina berichtete ihm: „Oma ist die Nacht aus dem Bett gefallen. Als ich ihr das Bettgitter hochstellen wollte, hat sie wie ein Rohrspatz geschimpft, von wegen Freiheitsberaubung oder so ähnlich. Gott sei Dank hat sie sich nichts gebrochen, nur einen Bluterguss in der rechten Hand geholt. Aufstehen will sie nicht, auch nichts essen und Tabletten will sie auch nicht nehmen. Sie hat einfach keinen Lebensmut mehr."

Donnerstag
Ich kam erst um 15 Uhr zu Mutter. Tina beschwerte sich, sagte, ich solle immer eher kommen, da ihr Sohn um diese Zeit aus dem Mittagsschlaf erwache und weine, wenn sie nicht da wäre, weil sie ja zur gleichen Zeit Oma aus dem Bett holen müsse.
Ich versprach ihr, nach Möglichkeit früher zu kommen, und machte mich an die Arbeit. Im Stall räumte ich die Waschküche auf, fegte und wischte sie. Anschließend säuberte ich beide Rasenmäher und im Garten schnitt ich die verwelkten Blumenköpfe der Sommermargeriten ab.
Als alles fertig war, ging ich nach oben, setzte mich zu Mutter ins Wohnzimmer und las ihr etwas aus unserem Familienbuch vor. Fakten, Fotos und Geschichten, die ich vor einigen Jahren gesammelt und aufgeschrieben hatte, waren für mich eine wertvolle Hilfe, um Mutter etwas aus ihrem eigenen Leben zu erzählen, ihren Erinnerungen auf die Sprünge zu helfen, zu ihr durchzudringen, und sei es auch nur für einen Augenblick.

„Weißt du noch, dass du als Kind auch öfter krank gewesen bist?" Ich hielt ihr das Buch hin und zeigte auf ein Foto. Es gehörte zu einer Geschichte, die Mutter mir vor Jahren erzählt und die ich aufgeschrieben hatte. Fragend sah sie mich an, konnte das Foto aber nicht zuordnen.
„Soll ich dir den Abschnitt vorlesen?"
„Wenn du willst", kam es leise über ihre Lippen.

Ich räusperte mich und begann zu lesen: „Kurz vor Weihnachten sollte Elisabeth, *das bist du*, ein Stück aus der Bibel aufsagen. Dazu musste sie aufstehen, doch sie schwankte und fiel einfach um. Zwei größere Schüler brachten sie in die Lehrerwohnung. Dort wurde ihr übel. Man zeigte ihr die Toilette, wo sie sich übergeben musste. Anschließend durfte sie sich aufs Sofa legen und die Lehrersfrau flößte ihr heißen Kamillentee ein.
Der Lehrer ging zurück in die Klasse und beauftragte zwei kräftige Jungen, Elisabeth nach Hause zu bringen. In eine Decke gewickelt, setzte man sie auf einen Schlitten und die beiden Jungen zogen sie nach Hause, zum elterlichen Hof.
Elisabeths Schwester Klara hatte gerade die Kühe gemolken, als die Jungen mit dem Mädchen zur Dielentür hereinkamen. ‚O Gottogott, was ist nun wieder passiert?' Gemeinsam brachten sie Elisabeth ins Schlafzimmer und legten sie aufs Bett. Klara reichte den Jungen eine Tasse frisch gekochte Milch und gab jedem 50 Pfennig fürs Bringen.

Mutter Anna war in der Zwischenzeit zum Nachbarhof gelaufen und hatte den Hausarzt angerufen. Als der nach einer halben Stunde angekommen war und Elisabeth untersucht hatte, stellte er eine Blinddarmreizung fest. Sie musste ein paar Tage zu Hause bleiben und das Bett hüten.
Als sie nach einer Woche wieder zur Schule ging und in ihre Klasse kam, meinte jeder: ‚Fall mal in Ohnmacht, ich bring dich nach Hause.' 50 Pfennig waren damals viel Geld für die Kinder."

„Ja, ja, der Lehrer Wellmann", murmelte Mutter.
„Du erinnerst dich an ihn?"
„Sicher, er war ein guter Lehrer. Hat uns nie geschlagen!" Mutter war damals elf oder zwölf Jahre alt.

Nach dem Abendessen fragte ich sie, ob sie schon ins Bett wolle. Mutter nickte zustimmend. Weil sie heute schlecht laufen konnte, schob ich sie mit dem Rollstuhl ins Schlafzimmer, zog sie aus, wechselte die Windelhose und hob sie ins Bett. „Auu..., fass meine Beine nicht so fest an." Empört drückte sie meine Hände weg.
„Entschuldigung, das wollte ich nicht. Aber irgendwie muss ich dich doch ins Bett bekommen."
„Wenn du mich anfasst, tut es überall weh."
„Kommt bestimmt vom Sturz aus dem Bett. Ich werde dir eine Schmerztablette geben. Die hilft bestimmt!"
Als ich das Wasserglas wieder in die Küche gebracht hatte, setzte ich mich noch einen Augenblick zu ihr und hielt ihre Hand.

„Soll ich dir das Schlaflied vorsingen, das dein Vater dir immer vorgesungen hat, als du klein warst und nicht schlafen konntest?"

„Das Lied, das im Familienbuch steht?" Fragend sah Mutter mich an.

„Ja, genau das. Dann kann ich auch wieder üben, Plattdeutsch zu sprechen." Mutters Vater war Bauer und Schäfer gewesen, darum liebte er dieses Lied besonders.

„Schlaup, Kindken schlaup, do buten geet en Schaup, dat häw söcke witte Föte, dat giff de Miälke söte, schlaup, Kindken schlaup."

Am nächsten Tag war ich schon um 13:30 Uhr bei Mutter. Sie schlief noch tief und fest. Weil ich auch müde war, legte ich mich im Wohnzimmer aufs Sofa. Die Fahrt zu ihr war anstrengend gewesen. Fast eine Dreiviertelstunde hatte ich für die Strecke gebraucht, zähflüssiger Verkehr, Sonntagsfahrer und die meisten Ampeln auf Rot.

Tina war anscheinend auch gestresst. Sie fand keine Zeit, mich zu begrüßen.

Kurz vor 15 Uhr weckte ich Mutter, zog sie an und brachte sie mit dem Rollstuhl ins Wohnzimmer. Dann bügelte ich ihre Wäsche. Später suchte ich im Garten die heruntergefallenen Äpfel auf, um davon am Sonntag einen Kuchen zu backen. Kuchen aß Mutter nach wie vor gerne. Zwischendurch saß ich immer mal eine halbe Stunde bei ihr im Wohnzimmer.

Neuerdings schlief Mutter auch tagsüber, redete fast gar nicht mehr. Sie nickte nur, wenn ich etwas fragte. Seltsam! Konnte oder wollte sie nicht sprechen?
Als ich meine Tochter danach befragte, meinte sie: „Kein Wunder, dass Oma heute müde ist, wenig redet."
„Wieso das denn?"
„Gestern bin ich so gegen 22 Uhr noch mal hochgegangen, um zu sehen, ob bei Oma alles in Ordnung ist. Stell dir vor, sie saß auf dem Bett und sagte: ‚Schau mal, was ich hier habe.' Ich konnte aber nichts entdecken. Ärgerlich deutete Oma auf ihren Schoß, sah mich dabei ziemlich weggetreten an und flüsterte: ‚Mein Papa hat gesagt, ich darf es behalten. Es gehört jetzt ganz allein mir. Die großen grauen Schafe hinten in der Ecke mag ich nicht. Aber das Kleine hier auf meinem Schoß, das ist niedlich. Nicht wahr, Mama? Es ist so weich und kuschelig. Willst du es auch mal streicheln?'
Ich bin doch nicht Omas Mama. Doch dann fiel mir ein, dass du mal gesagt hast, man solle darauf eingehen. Also, habe ich das Schaf gestreichelt und zu ihr gesagt: ‚Es fühlt sich schön warm und wollig an. Aber bestimmt ist es müde und möchte zu seiner Mama. Weißt du was, Oma? Ich nehme es auf den Arm und bringe es in die Ecke zu den anderen Schafen. Ist das in Ordnung?'
Oma zuckte mit den Schultern, starrte ausdruckslos zur Ecke, so, als ob jemand schlafwandle. Irgendwie unheimlich! Damit sie wieder zu sich kam, habe ich sie leicht geschüttelt und gesagt: ‚Es ist spät! Du musst

jetzt auch schlafen.' Ich legte sie wieder ins Bett, deckte sie zu und gab ihr einen Gute-Nacht-Kuss."
„Das hast du gut gemacht. Mir wäre so schnell gar nichts dazu eingefallen", lobte ich Tina.
Mutter abends ins Bett zu heben, wurde mit meinen Fingern immer schwieriger, aber was sollte ich machen? Zähne zusammenbeißen und durch.

Am Samstagmorgen ging ich zum Wochenmarkt. Herrliche bunte Farben und unwiderstehliche Düfte zogen mich von einem Stand zum anderen. Es gab sogar noch frische Erdbeeren. Ich kaufte ein Körbchen und ließ sie mir mittags zum Quark schmecken. Ich war allein, mein Mann befand sich mit seinem Kegelverein auf Mallorca.
In der warmen Herbstsonne sitzend, verbrachte ich den Nachmittag auf der Terrasse. Streicheleinheiten für die Seele. Konnte ich mir leisten, da Eva heute auf Mutter aufpasste.

Für Sonntag hatte ich einen gedeckten Apfelkuchen gebacken und mit zu Mutter genommen. Diesmal machte es ihr nichts aus, gemeinsam mit Tina, Noah und mir Kaffee zu trinken. Sie lobte sogar meinen Kuchen.
Im Garten pflückte ich Zucchini und Äpfel. Ich wollte etwas Apfelmus kochen und einfrieren. Um 18 Uhr war es Zeit für Mutters Abendbrot. Anschließend wollte sie sofort ins Bett, weil sie unendlich müde sei.
„Am liebsten würde ich nie mehr aufwachen."

So etwas zu hören, tat weh. Aber ich konnte es nachvollziehen. Wenn ich in ihrer Lage wäre, würde ich auch so denken, würde mir vielleicht sogar wünschen, dass mir jemand einen Schlaftrunk gäbe, von dem ich nie mehr erwachen würde.
‚Wenn man dahinsiecht, vollkommen auf andere angewiesen ist, ist das Leben dann noch lebenswert?', fragte ich mich immer wieder.
Um auf andere Gedanken zu kommen, habe ich bei mir zu Hause die Terrasse vom roten Blütenteppich der duftenden Kletterrose befreit, mich anschließend in den Liegestuhl gesetzt, die Füße hochgelegt, ein Glas Rotwein getrunken und die rötlich untergehende Sonne betrachtet, die mich milder und ausgeglichener stimmte.

1. September
Morgens hatte ich unsere Wäsche gewaschen und ein paar rostrote Herbstastern für Mutter gekauft. Mir war eingefallen, dass heute ihr Hochzeitstag war. Auf dem Weg zu ihr dachte ich daran, wie sie meinen Vater vor 63 Jahren kennen gelernt hatte.

Nach einem Film mit Hans Albers sprach ein Soldat, der auch im Kino gewesen war, Elisabeth, *meine Mutter*, an und erbot sich, sie nach Hause zu bringen. Unterwegs erzählte er ihr, dass er Berufssoldat sei, jetzt in Quakenbrück auf dem Fliegerhorst die Schneiderei für Uniformen beaufsichtige. Sie könne ihn dort besuchen. „Frag nach dem Einarmigen, frag nach Karl."

Der Unteroffizier ging ihr nicht aus dem Sinn. Gut hatte er ausgesehen in seiner schmucken Uniform.
An ihrem freien Wochenende, sie war zu der Zeit in Osnabrück bei einem älteren Ehepaar als Hausmädchen angestellt, fuhr sie mit dem Zug nach Quakenbrück.
Karl holte sie vom Bahnhof ab. Arm in Arm spazierten sie durch die Stadt. Der junge Mann erzählte ihr, dass er in Wilhelmshaven zu Hause sei. Vor dem Krieg hätte er eine Lehre als Schneider absolviert, wäre gut in seinem Fach. Aber jetzt ...? Er zeigte auf den linken Arm: „Ist bei einem Gefecht durch Granatsplitter abgerissen." Dass er eine Prothese trug, fiel gar nicht so auf. Seinen Beruf würde er allerdings nicht mehr ausüben können.
Elisabeth berichtete ihm von ihrer Arbeitsstelle, von zu Hause, vom Bauernhof ihrer Eltern. Die Zeit verging wie im Flug und der Abschied fiel ihnen schwer. Elisabeth versprach: „Am nächsten Sonntag komme ich wieder."
Als sie mit dem Zug nach Hause fuhr, heulten plötzlich von irgendwo her Sirenen. Englische Tiefflieger! Sie bombardierten den Zug und brachten ihn zum Stehen. Die Insassen drängten, schubsten und rannten schreiend hinaus, schmissen sich flach in einen Graben hinter dem Bahndamm.
Elisabeth war wie gelähmt im Zug geblieben, kroch schließlich unter die Sitzbank und hielt sich die Ohren zu. Endlich drehten die feindlichen Flieger ab. Wie in Trance schob sich Elisabeth unter der Bank hervor und

schaute aus dem Fenster. Überall lagen Tote und Verwundete! Erst nach Stunden kam der Zug in Osnabrück an.

Am nächsten Tag fuhr Elisabeth gemeinsam mit dem älteren Ehepaar, bei dem sie angestellt war, zum Hof ihrer Eltern. Dort war es nicht so gefährlich wie in der Stadt. Obschon: Unten im Zittertal waren auch etliche Bomben niedergegangen, waren einige Höfe in Schutt und Asche gefallen.

Soldaten der Heimatfront, die auf dem Nachbarhof stationiert waren, hatten ein englisches Flugzeug, das wie aus heiterem Himmel plötzlich über dem Wald aufgetaucht war, mit der Flak abgeschossen. Mit dem Fallschirm war der feindliche Pilot aus dem brennenden Flugzeug abgesprungen und hing in den Bäumen.

Elisabeths Brüder und einige Bauernjungs schnappten sich Forken, rannten hin und wollten den Mistkerl umbringen. Doch die deutschen Soldaten waren schneller. Sie verhafteten den Engländer und brachten ihn in ein Lager für Gefangene.

Mutter hat oft erzählt, dass die Reste des Flugzeugs überall verstreut herumgelegen hätten. Eine Tragfläche wäre sogar in die Schweineweide gefallen, hätte um ein Haar das Bauernhaus getroffen.

Gegen Ende des Krieges fuhr Karl mit dem Fahrrad nach Osnabrück. Er war desertiert. Tagelang versteckte ihn Elisabeth in ihrem Zimmer, ehe er, überwiegend nachts, weiter nach Wilhelmshaven radelte.

Karl schrieb seiner Elisabeth viele Briefe. Doch die junge Frau war im Zwiespalt. Einerseits mochte sie ihn sehr, auf der anderen Seite hatte ihr Vater recht, der ihr von der Verbindung abgeraten hatte, denn wie sollte ihr Zukünftiger eine Familie ernähren?

Dann kam ein Brief von Karls Mutter. Der arme Junge hätte Liebeskummer, wäre schon ganz mager geworden, und sie sei schuld an seinem Elend. Wenn es um Geld ginge, das sei genügend da. Karl hätte die ganzen Kriegsjahre über von seinem Soldatenlohn gespart.

Elisabeth hatte Mitleid. Irgendwie fehlte er ihr ja auch. Außerdem gab es so viele Ehemänner, die in Betracht kämen, auch nicht mehr.

Unter Protest der Eltern packte sie den Koffer und fuhr nach Wilhelmshaven.

Vier Wochen nach dem Aufgebot, am 1. September 1945, heirateten die beiden. Aus alten Spitzengardinen hatte Karls Mutter Dora der Schwiegertochter ein schönes langes Brautkleid genäht.

Als ich Mutter den Blumenstrauß überreichte und sie an ihren Hochzeitstag erinnerte, lächelte sie. Sichtlich erfreut war sie, als ich ihr das Hochzeitsfoto in unserem Familienbuch zeigte.

Es berührte mich sehr, als sie mit dem Finger sanft über das Gesicht ihres verstorbenen Ehemannes strich. Also waren ihre Gefühle doch noch nicht zur Gänze verloren gegangen.

Fast ein Jahr lang hatte sie ihn zu Hause gepflegt, bis ihm eine Lungenentzündung den Tod brachte. Danach hatte sie viel Zeit für Haus und Garten, der immer tadellos in Ordnung war. Heute bewundere ich sie dafür, denn aus eigener Erfahrung weiß ich, wie viel Arbeit darin steckt.

So gegen 16 Uhr musste ich unten im Dorf im Schreibwarengeschäft sein, Signierstunde für meinen Roman. Basis für den Roman war meine Ahnenforschung. Sieben Brüder meiner Mutter kamen auf ungewöhnliche Weise ums Leben und jeder aus unserer Familie fragte sich: „War es Schicksal, war es ein unvorhersehbarer Unfall oder war es etwas Übernatürliches?"

Am nächsten Morgen kochte ich bei mir zu Hause den ganzen Morgen Apfelmus und Apfelgelee. Eva half mit, weil ich wegen meiner Hände die Äpfel nicht richtig schälen konnte. Der Messergriff war zu dünn, fiel mir ständig aus der Hand. Dickere Sachen konnte ich Gott sei Dank noch gut greifen.

Autofahren bereitete mir auch Schwierigkeiten. Mein 20 Jahre alter Polo hatte keine Servolenkung und das Lenkrad war für mich im Moment nicht dick genug.

Trotz der vielen Arbeit war ich pünktlich um 14 Uhr bei Mutter. Jeden Tag dasselbe: aus dem Bett holen, Windelhose wechseln, anziehen, Kaffee machen, ins Wohnzimmer setzen, den Fernseher anstellen und den Sender mit den Zoogeschichten suchen. Ob sie vom Film immer alles begriff, wusste ich nicht. Es waren für sie wohl nur bunte Bilder. Während Mutter sich die Sendung ansah, putzte ich ihre Wohnung.

Fast hätte ich vergessen, die neu ausgestellten Rezepte vom Arzt abzuholen. Also Jacke an, rein ins Auto

und los. In der Apotheke gab es wieder mal Ärger. Die Arzthelferin hatte ein Kreuz auf dem Rezept vergessen, das besagte, dass Mutter immer die gleiche Sorte Schlaftabletten bekommen sollte. Zurück ins Auto, zurück zum Arzt und auf ein neues Rezept warten.
„Eine Ausnahmegenehmigung", wie der Arzt mir mitteilte. „Sie müssen sich das wie beim Autofahren vorstellen, mal fährt man auf der rechten Seite und mal auf der linken. In jedem Land ist es anders. Genauso verhält es sich mit dem Rezept, mal ist die eine Firma dran und dann wieder eine andere!"
Dämlicher Vergleich! Ich wollte ja nur, dass Mutter immer die gleiche Sorte bekam. In ihrem Alter braucht sie nicht mehr als Versuchskaninchen herzuhalten. Ich beharrte auf Noctamid. Fast zehn Minuten telefonierte der Arzt mit der Apotheke. Endlich einigte man sich.
Ich bekam das neue Rezept mit Kreuzchen ausgehändigt und fuhr zurück zur Apotheke, wo ich zähneknirschend bedient wurde. Sie hatten wohl gedacht, ich gebe vorher auf.
Als ich auf die Uhr schaute, war es bereits 18 Uhr. Höchste Zeit für Mutters Abendbrot. Tina erklärte sich bereit, Mutter ins Bett zu bringen und ihr später die Schlaftablette zu geben.
„Danke, Tina. Ich bringe dir dafür selbst gemachte Marmelade mit."

14 Uhr war inzwischen eine magische Zahl in meinem Leben. Aufstehen, anziehen, frühstücken, einkaufen, Mittagessen zubereiten, hinterher abwaschen, ins Au-

to setzen und losfahren, damit ich pünktlich bei Mutter war. Nachdem ich sie endlich mit dem Rollstuhl ins Wohnzimmer gebracht hatte, reinigte ich das Treppenhaus und schnitt im Vorgarten die restlichen verwelkten Blumen ab. Ergebnis: Ein schöner Garten – aber vom vielen Bücken hatte ich fürchterliche Rückenschmerzen bekommen.

Beim Abendbrot sagte Mutter plötzlich: „Letzte Nacht war Feuer im Bett. Du musst Creme auf meine Knie und meine Hacken schmieren. Die sind angebrannt. Ich habe laut nach dir gerufen, aber du bist nicht gekommen."
Verblüfft sah ich sie an.
„Wenn du mir nicht glaubst, schau nach. Übrigens …, ich habe heute Morgen ein nagelneues Oberbett bekommen." Ich überlegte, dann fiel mir ein, dass Tina saubere Bettwäsche aufgezogen hatte.
Mutters Hacken waren tatsächlich rot, vom vielen Liegen etwas wund geworden. Ich strich kühlende Hautcreme auf die Füße und massierte sie ein. Dann zog ich Mutter weiße Baumwollsocken an, damit das neubezogene Bett keine Fettflecken bekam.

Ruhetag? Nein … Heute musste ich noch Apfelmus kochen und die gepflückten Pflaumen einfrieren. Mutters großer Garten mit den Kirsch-, Apfel- und Pflaumenbäumen, von denen wir dieses Jahr besonders viel ernten mussten – wir konnten das Obst ja nicht an den Bäumen hängen lassen. Alles war sehr schön, machte aber eine Menge Arbeit. Wie hatte Mutter früher bloß alles allein geschafft? Ich glaube, ihre Welt bestand nur aus Arbeit.

Als junge Frau hatte sie auf den Feldern rund um den Bauernhof gepflügt, gesät und geerntet. Später arbeitete sie acht Stunden als Aushilfe in der Lackiererei einer renommierten Küchenmöbelfabrik in Osnabrück. Von ihrem Lohn musste unser neues Haus abbezahlt werden, da mein Vater, bedingt durch den Verlust seines Arms, in der Autofabrik nicht genügend verdiente.

Nur der Sonntag war für sie mehr oder weniger ein Ruhetag. Morgens ging sie zur Kirche, dann bereitete sie das Mittagessen zu und backte Kuchen, bei dem wir Kinder manchmal helfen durften. Wenn das Wetter schön war, saß sie nachmittags mit uns im Garten.

Um 15 Uhr musste ich zum Hautarzt, der OP-Termin für das Pünktchen im Gesicht stand an. Der Eingriff dauerte nicht lange, war völlig schmerzlos. In der nächsten Woche sollte ich nach dem Laborbericht fragen, aber wie es aussah, war wohl alles ganz harmlos. Erleichtert atmete ich auf.

Mit einmal tief Luftholen und Zähnezusammenbeißen hatte ich Mutter wieder einmal aus dem Bett geholt. Da sie kein bisschen mithelfen konnte, wurde es für mich allmählich zu anstrengend. Ein 40-Liter-Sack Blumenerde war einfacher zu handhaben als eine knochige, zerbrechlich wirkende Frau. Ein Glück, dass wir wenigstens einen Rollstuhl besaßen.

„Muss ich bald ins Bett?", fragte sie mich eine Stunde später.
„Warum?"
„Es wird doch schon dunkel."
„Nein, Mutter. Es regnet gleich. Ich werde dich jetzt allein lassen, nach draußen gehen und Rasendünger ausstreuen."
Der Rasendünger mit Eisen für grünes Gras sah aus wie Rost und stank fürchterlich. Noah, der mir unbedingt helfen wollte, fand es widerlich und verzog sich umgehend wieder ins Haus.
Mutter fand ihr Abendbrot heute auch widerlich: Das Brot war zu hart, der Tomatensalat zu fade und an der Wurst fehlten Salz und Pfeffer. Alles musste extrem gewürzt werden, sonst aß sie es nicht. Auch die Menge war ein Problem. Eigentlich hatte sie nie Hunger, aber komischerweise aß sie immer alles auf, was ich ihr vorsetzte. ‚So wie früher unser Hund', dachte ich. Was für ein schrecklicher Vergleich, aber er stimmte.

Samstag, 6. September
Braungebrannt war mein Mann aus Mallorca zurückgekehrt, und ich musste mich um die schmutzigen Kleidungsstücke kümmern, sie in die Waschmaschine stecken und später zum Trocknen aufhängen. Die frisch gewaschenen, trockenen T-Shirts und Oberhemden bügelte er allerdings immer selber, angeblich machte ich es ihm nicht ordentlich genug. Bügeln gehört nicht zu meinen Lieblingsbeschäftigungen. Ich

schreibe lieber in meinem Tagebuch oder an meinen Gartenreiseerinnerungen.

Sonntagmittag hatte ich wieder einen Apfelkuchen gebacken, Schlagsahne gekauft und mit zu Mutter genommen.
Als Erstes schnitt ich ihr die Haare kürzer, wusch sie mit einem milden Shampoo, drehte sie auf Lockenwickler und setzte Mutter unter die Schwebe-Trockenhaube. Gut, dass sie sich die vor zwei Jahren gekauft hatte.
In der Zwischenzeit deckte ich den Kaffeetisch, damit wir, wenn die Haare trocken und gekämmt waren, gemütlich zusammen Kaffee trinken konnten.
Später schauten wir uns im Fernsehen einen alten Schwarz-Weiß-Film an. Mein Mann war begeistert. Mutter fand ihn langweilig, dabei spielte Heinz Rühmann, ihr Lieblingsschauspieler, die Hauptrolle. Ich konnte mich auch nicht konzentrieren, überlegte dauernd, wann ich ihr sagen könne, dass sie Ende des Monats zur Kurzzeitpflege ins Seniorenheim müsse, da meine Tochter mit dem Kleinen in Urlaub fahre, und ich nicht für drei Wochen zu ihr ins Haus ziehen könne. Irgendwie hatte ich ein schlechtes Gewissen, schob die Mitteilung daher immer wieder von einem Tag auf den nächsten.
Als Tina nach oben in die Küche kam, berichtete sie mir: „Oma hat heute Morgen die Kopfkissen abgezogen. Sie wollte partout helfen. Sie meinte, ich hätte

heute doch Waschtag. Außerdem wäre ihr zu langweilig."
„Wie schafft sie so etwas?"
„Weiß ich auch nicht. Vor ein paar Tagen konnte sie sogar alleine auf die Toilette gehen. Sie rief erst nach mir, als schon alles vollgeschmiert war. Geschimpft habe ich mit ihr. Ich musste sie komplett waschen und ihr neue Hosen anziehen. Laufen konnte sie dann auch nicht mehr. Mit dem Rollstuhl brachte ich sie zurück ins Wohnzimmer. Anschließend habe ich die Toilette geputzt und den Boden gewischt. Ziemlich ekelige Angelegenheit!"
Ich nahm meine Tochter in den Arm und bedankte mich bei ihr für ihr Verstehen, ihre Arbeit, für alles.
„Eigentlich macht es mir nichts aus, Mama. Bin ja durch Noah daran gewöhnt, aber bei Oma finde ich es manchmal zum Kotzen."
Tagaus, tagein der gleiche Trott. Ich zwang mich, nicht aggressiv zu reagieren, nicht zu widersprechen, Mutter nicht anzuschreien, wenn sie ihre Fantasievorhaben in die Tat umsetzen wollte. Immer wieder suchte ich nach passenden Ausreden, flüchtete dann aber frustriert in den Garten. Bei dem schönen Wetter ein willkommener Anlass, um mit Noah Sandkuchen zu backen, Federball zu spielen oder nur auf dem Rasen herumzutollen.

Der Kurzzeitpflege-Termin im Seniorenheim stand an. Die Hausdame reichte mir etliche Formulare, die ich ausfüllen und in Mutters Namen unterschreiben sollte.

Ein kurzer Lebenslauf, Hobbys und Lieblingstiere vervollständigten das Ganze.
Insgeheim hoffte ich, dass es meiner Mutter hier gefallen würde und dass sie hier für immer bleiben könnte. Ich bräuchte dann nicht mehr die vielen Kilometer hin und zurückzufahren, könnte sie ohne Stress jederzeit besuchen. Es wäre sicherlich für uns alle besser, auch für meine Gesundheit, für meine Hände.
Nachmittags fuhr ich zu Mutter, traute mich aber wiederum nicht, mit ihr darüber zu sprechen. Auf der einen Seite wollte ich ihr nicht wehtun, ihr nicht das Zuhause rauben. Aber würde sie die Veränderung ihres Wohnortes überhaupt bemerken? Auf der anderen Seite musste ich auch an die Zukunft denken. Was war, wenn sie das Bett überhaupt nicht mehr verlassen konnte? Eine volle Beaufsichtigung, Pflege durch eine Sozialstation, wäre natürlich möglich. Da sie aber meine Mutter war, würde ich trotzdem jeden Tag zu ihr hinfahren.
Die einzige richtige Lösung für uns alle war das Seniorenheim, wo ich sie ohne Voranmeldung jederzeit besuchen und dabei auch feststellen könnte, ob sie dort gut behandelt würde.

Heute waren mein eigener Haushalt und meinen Garten an der Reihe. Gegen Mittag läutete das Telefon. Ich hasste das Klingeln inzwischen, denn ein Anruf bedeutete zumeist nichts Gutes.
Tina war am Apparat: „Oma ist heute sehr durcheinander. Sie bestand darauf, dass ich das Gästezimmer

sauber mache. Dort läge dreckiges und zertrampeltes Bettzeug auf dem Boden. Als ich ihr das Zimmer zeigte, meinte sie, es wäre das verkehrte. Das richtige läge auf der anderen Straßenseite. Wir müssten die Treppe runtergehen. Wie kann sie sich nur so etwas zusammenspinnen? Gut, dass ich bald in Urlaub fahre und etwas Abstand gewinne. So, jetzt habe ich meinen Frust heruntergeredet. Ich muss Schluss machen, muss Noah vom Kindergarten abholen."

„Bestell ihm schöne Grüße." Ich hauchte einen Kuss ins Telefon und legte auf.

Abends fuhr ich zur Literaturwerkstatt des Kulturvereins, in dem ich seit ein paar Jahren Mitglied bin. Eine nette Truppe. Jeder durfte seine Gedichte oder Geschichten vorlesen. Für mich war es auch eine Möglichkeit, mich weiter mit anderen Themen als der Pflege meiner Mutter und den damit verbundenen Fragen auseinanderzusetzen. Ich wollte nicht so werden, wie sie geworden war. Ob meine Vorgehensweise helfen würde? Wer weiß das schon?

Donnerstag, 11. September 2008
Tina hatte einen Arzttermin, deshalb musste ich schon um 7:30 Uhr bei Mutter sein. Ich hatte ein bisschen Angst und fragte mich, ob ich ihre morgendliche Pflege allein bewältigen können würde.

Während der Fahrt dachte ich die ganze Zeit darüber nach, erinnerte mich plötzlich abergläubisch an den 11. September 2001, an den Terroranschlag auf das World Trade Center. Damals hatte bei mir schon am frühen

Morgen rein gar nichts geklappt. Doch manchmal wird ein Tag, der nicht gut beginnt, im Laufe der Stunden ganz erträglich. Leider war dies bei mir an diesem Tag im Jahr 2001 nicht der Fall gewesen. Als ich nach acht Stunden Arbeit übermüdet nach Hause gekommen war und den Fernseher angestellt hatte, hatte mich fast der Schlag getroffen. Starr vor Entsetzen hatte ich auf den Schirm geblickt, hatte kaum glauben können, was dort zu sehen war. Aber die Bilder waren Wirklichkeit gewesen.

Zwei voll besetzte Flugzeuge waren mitten in das World Trade Center in New York gerast. Im oberen Drittel brannten die Wolkenkratzer und grau-schwarze Qualmwolken stiegen zum Himmel auf. Voller Angst hatten Menschen an den Fenstern gewinkt, waren panisch aus den oberen Stockwerken gesprungen. Unten waren andere um ihr Leben gerannt, waren mit Entgegenkommenden zusammengestoßen. Wie in einem Horrorfilm waren die hohen Türme in sich zusammengefallen und hatten die, die sich nicht mehr retten konnten, unter sich begraben. Eine riesige Staubwolke hatte sich durch die engen Häuserschluchten gewalzt, die flüchtenden Menschen eingeholt und umschlossen.

Kurz darauf der nächste Schock. Ein drittes Passagierflugzeug war in Washington auf das Verteidigungsministerium und ein viertes in Pennsylvania in ein Waldstück gestürzt. Unwirklich war das Szenario gewesen, unfassbar, und das in Amerika, in einem der sichersten Länder der Welt.

Wie vor sieben Jahren beschlich mich heute, am 11. September 2008, ein ähnlich mulmiges Gefühl. Würde ich Mutter festhalten können? Sie war so wackelig auf den Beinen, dass sie wegrutschen und der Länge nach hinfallen könnte. Ich würde sie aber allein nicht wieder hochbekommen. Am liebsten hätte ich sie im Bett liegen gelassen, doch ich musste sie waschen, anziehen und kämmen. Was für mich noch viel schlimmer war: Ich musste sie endlich über die Kurzzeitpflege aufklären.
Als wir beide endlich gemeinsam am Frühstückstisch saßen, sie im Rollstuhl und ich auf dem Küchenstuhl, atmete ich erleichtert auf.

Im Garten wurden die Tomaten, Zucchini, Möhren und Sellerieknollen von Vogelmiere umwuchert. Während ich mich an die Arbeit machte und alles auszupfte, murmelte ich vor mich hin: „Ich hasse Unkraut, ich hasse Gartenarbeit, ich hasse das Gemüse. Es ist alles zu viel für mich, ich werde demnächst nur noch Dosen aus dem Supermarkt kaufen!"
Dass ich so etwas einmal denken würde, hätte mir vor einem Jahr sicherlich niemand zugetraut, denn eigentlich liebte ich es, im Garten zu arbeiten und die Früchte der Arbeit zu ernten und zu verarbeiten. Aber hier musste ich jede halbe Stunde aufhören und nachschauen, ob mit Mutter alles in Ordnung war, ob sie nicht wieder irgendetwas angestellt hatte. Manchmal war sie in ihrem Verhalten schlimmer als ein kleines Kind.

„Wann komme ich endlich wieder nach Hause?", fragte sie mich beim Abendbrot. Für mich die passende Gelegenheit, um ihr zu sagen: „Tina hat bald Urlaub und ich kann nicht dauernd hierher kommen, um dich zu pflegen. Für diese Zeit musst du in ein Seniorenheim."
Mutter überlegte einen Moment, dann sagte sie: „Ich weiß genau, dass ich nicht hier bleiben kann. Doch wo soll ich hin? In ein Pflegeheim gehe ich nicht."
„Du kommst in das Seniorenheim direkt bei uns gegenüber. Dein Zimmer liegt ebenerdig und hat eine schöne große Terrasse. Dann kannst du endlich wieder mal nach draußen gehen, oder wir fahren dich mit dem Rollstuhl spazieren." Ich wunderte mich, dass sie sich so widerstandslos fügte.
‚Abwarten, ob sie sich morgen noch an alles erinnert', dachte ich und räumte den Tisch ab. Als ich Mutter ins Bett gebracht und zugedeckt hatte, nahm sie meine Hand und wie so oft bedankte sie sich für alles.
‚Wenn ich nur wüsste, was sie denkt, was sie fühlt, was sie sich vielleicht wünscht! Aber Wünsche, die man nicht mehr ausspricht, kann der andere nicht erfüllen', dachte ich traurig.
Auf dem Rückweg war ich dennoch erleichtert. Das mulmige Unbehagen des 11. September hatte sich nicht erfüllt.

Am Freitag musste ich schon um 10:30 Uhr bei Mutter sein. Im Kindergarten fand eine Geburtstagsfeier statt. Es ging nicht anders, ich musste Tina vertreten.

Zu Mittag gab es Erbseneintopf. Damit Mutter die Suppe nicht verschüttete, fütterte ich sie. Dann brachte ich sie ins Bett. Für Mutter war es immer eine Quälerei, da sie selber nicht mithelfen konnte, ich sie aber ziemlich fest anfassen musste, weil ich sie sonst nicht hineinbekam.

Anschließend saß ich hinten im Garten in der Sonne. Sie wärmte nicht nur die Außenhaut, auch die Seele!

Um 14 Uhr holte ich Mutter aus dem Bett und wechselte die Windelhose. Schon wieder war alles bis oben hin voll. Ich musste ihren Po waschen, was gar nicht so einfach war bei den vielen Falten.

Falten! Es heißt ja immer: lieber Falten am Po statt im Gesicht. Ich lachte in mich hinein, heute wäre es mir andersherum lieber gewesen.

Nachdem ich Mutter ins Wohnzimmer gebracht und in ihren bequemen Sessel gesetzt hatte, sagte sie: „Ich will endlich nach Hause. Ich mache mir Sorgen, was aus mir werden soll. Ich habe doch genug Geld und mehrere Häuser."

„Du hast nur ein Haus und in dem sitzt du jetzt."

Dass es inzwischen mir gehörte, erwähnte ich lieber nicht. Ich hatte gelernt, ihr nicht zu widersprechen, obschon es mir oft schwerfiel.

„Du brauchst keine Angst zu haben, ich sorge für dich", versuchte ich, sie zu trösten. Ich legte ihr unser Familienbuch auf den Schoß und redete ihr zu, ein wenig darin zu lesen oder sich die Fotos anzusehen.

Als sie begann, sich die Seiten anzusehen, verließ ich das Wohnzimmer, schloss leise die Etagentür und ging durch den Garten. Im nächsten Jahr müsste sich hier irgendetwas ändern. Entweder überall Rasen einsäen oder ich müsste die Hälfte des Grundstücks als Bauplatz verkaufen.

Im Rosenbeet stand zu viel Unkraut, blühte und säte sich immer wieder neu aus. Notgedrungen machte ich mich an die Arbeit, brachte einige Eimer voll Unkraut in die braune Mülltonne. Meine Hände schmerzten.

Tina interessierte sich nicht für Unkraut, saß mit meinem Mann, ihrer Schwester und dem Schwager auf der Terrasse und bewunderte den neuen Fahrradhelm von Noah. Außerdem war sie müde. Letzte Nacht musste sie dreimal zu Mutter hoch. Entweder lag die alte Frau quer im Bett, wollte aufstehen oder konnte nicht schlafen.

Auf die Dauer war die Pflege auch für sie zu anstrengend. ‚Mein Entschluss, Mutter in ein Heim zu geben, ist richtig.'

Mein Schwiegersohn pflückte die restlichen Äpfel vom Baum. Als ich mich umdrehte, sah ich, dass Eva zu Mutter hochgegangen war und mit ihr auf dem Balkon stand. Wieso konnte sie plötzlich wieder laufen? Alles Gedachte geriet erneut ins Schwanken.

Mutters Abendessen bestand aus einer halben Schnitte Brot mit Leberwurst, Tomatenscheiben mit viel Salz und einer Schüssel voll Babybrei, den ich Mutter als ‚Pudding' kredenzte. Er hatte viele Vitamine und baute sie vielleicht ein wenig auf, denn am Tag zuvor wog sie nur noch 43 Kilo.

Damit sie überhaupt aß, musste ich ihr neuerdings immer gut zureden.
„Ich will nicht. Hab keinen Hunger!"
„Du musst aber essen, sonst hast du überhaupt keine Kraft mehr."
„Macht nichts. Dann sterbe ich eben. Ich bin es leid zu leben", kam es leise über ihre Lippen. Ich wunderte mich immer wieder, dass sie zeitweise ganz normal denken konnte.

Am Samstag schnitt ich bis um 19 Uhr bei uns zu Hause die Lebensbaum-Hecke. Es war anstrengend, aber man kam so auch mit vorbeigehenden Menschen ins Gespräch. Ich unterhielt mich lange mit einem Ehepaar, bei dem die Mutter der Frau auch an Demenz litt. Jahrelang wurde sie zu Hause gepflegt, aber irgendwann musste sie dann doch in ein Heim. Die beiden verstanden meinen Zwiespalt: mitleidiges Aufopfern oder Heim mit steten Gewissensbissen. „Sie müssen versuchen, sich davon freizumachen. Schließlich haben Sie noch ein Privatleben, einen Mann, Kinder und Enkel, die Sie auch fordern."

Wie jeden Sonntagnachmittag fuhr ich gemeinsam mit meinem Mann zu Mutter, nahm frisch gebackenen Kirschkuchen und Schlagsahne mit. Sie freute sich darüber, zumindest hoffte ich es.
In der Zeit, in der mein Mann und Noah die Pferdekoppel besuchten, saß ich bei Mutter und versuchte, mich mit ihr zu unterhalten. Aber mehr als „Ja" oder „Nein"

kam an diesem Tag nicht über ihre Lippen, dabei wollte ich noch so vieles aus ihrem Leben wissen. Ich kannte sie ja nur als Mutter. Wie war sie als Frau? Was waren ihre Träume? Waren sie jemals in Erfüllung gegangen? Wie war ihre Ehe? Hatte sie meinen Vater geliebt, oder war er – wie für viele Frauen nach dem Krieg – eine Notlösung, da es zu wenige Männer gegeben hatte?

Was hatte sie empfunden, als Vater starb? Ich erinnere mich, dass sie zuerst froh war, die Last der Pflege los zu sein, er ihr dann aber fehlte, weil sie keine Aufgabe mehr hatte. Dass er so schnell an einer Lungenentzündung sterben würde, damit hatte niemand gerechnet. Mein Gefühl sagte mir in diesem Moment, dass Mutter auch nicht mehr allzu lange leben würde.

Als ich am nächsten Tag um 14 Uhr bei Mutter ankam, waren Bett und Windelhose nass, musste alles gewechselt und neu bezogen werden. Wenn sie so viel getrunken hätte, wie sie Urin ließ, wäre ich froh gewesen. Aber das Trinken vergaß sie immer.

Anschließend schnitt ich im Vorgarten die kleine Liguster-Hecke. Neugierig sah Mutter vom großen Wohnzimmerfenster aus zu. Noah marschierte auf dem Bürgersteig hin und her und löcherte mich mit Fragen, die ich ihm geduldig erklären musste.

„Omaaa ... Wieso schneidest du die Hecke?"
„Weil Opa keine Zeit hat."
„Und weshalb nimmst du nicht die große Heckenschere?"

„Weil ich die kleine Schere besser halten kann. Du weißt doch, meine Finger tun weh."
„Warum kann Mama das nicht machen?"
„Mama muss Wäsche waschen, damit Oma Lisa wieder saubere und trockene Hosen zum Anziehen hat."
„Macht sie denn immer noch in die Hose?"
„Ja, genau wie du!" Verlegen grinste er und um vom Thema abzulenken, half er fleißig mit, alles zusammenzufegen und in einen Sack zu füllen. Mit nicht mal drei Jahren eine tolle Leistung. Er arbeitete halt gerne.
Plötzlich klopfte Mutter an die Fensterscheibe. Ich ging nach oben, um nachzufragen, was sie wolle. Gereizt fuhr sie mich an: „Den ganzen Nachmittag muss ich hier alleine im Wohnzimmer sitzen. Ruf sofort meine Mama an! Ich will ihr erzählen, wie schlecht ihr mich behandelt. Es gibt kein Essen und Schlaftabletten bekomme ich auch nicht mehr. Immer liege ich die ganze Nacht wach!"
Den plötzlichen Wechsel von völliger Klarheit und völliger Verwirrtheit würde ich wohl nie begreifen.

Zwei Tage später hatte Tina einen Arzttermin. Schon um sieben Uhr musste ich bei Mutter sein, sie waschen, anziehen, das Frühstück machen und sie ins Wohnzimmer setzen. Es fehlte nur noch der weiße Kittel, und ich wäre die perfekte Krankenschwester gewesen. Putzfrau war ich sowieso, da Wohnung und Treppenhaus wieder einmal dran waren, gereinigt zu werden. Außerdem musste ich Mittagessen kochen und anschließend Mutter ins Bett bringen. Zwei Jahre

zuvor hätte ich dies alles nicht machen können. Mit unterschiedlichen Arbeitszeiten, mal morgens und mal nachmittags, war ich halbtags in einem Bekleidungshaus angestellt gewesen. Mutter hätte rund um die Uhr von einem Pflegedienst betreut werden müssen.
Nachmittags wollte Tina sich um Mutter kümmern. Ich war froh, dass sie das für mich erledigte, fuhr nach Hause und verabredete mich mit Freundinnen, die erfreut waren, endlich mal wieder etwas mit mir gemeinsam zu unternehmen.
Bei dem schönen Herbstwetter machten wir einen langen Spaziergang durch den Wald, sammelten buntgefärbte Blätter, saßen gemütlich in einem Bauerncafé und aßen den letzten Erdbeerkuchen der Saison.

Am frühen Nachmittag des Freitags war ich wieder bei Mutter. Als ich ins Schlafzimmer kam, hatte sie gerade ihr Gebiss herausgenommen. Sie meinte, es wäre Abend und sie müsse jetzt schlafen.
„Es ist gleich Kaffeezeit. Wie willst du ohne Zähne Kuchen essen?"
Misstrauisch musterte sie mich. Schließlich schob sie die Bettdecke zur Seite, und ich durfte ihr helfen aufzustehen. Wohl oder übel musste ich Haftcreme auf ihr Gebiss streichen und es ihr wieder einsetzen, damit sie ihren Lieblingskuchen – Zitronenkuchen mit Schlagsahne – kauen konnte.
„Wo ist dein Kind?", fragte sie mich nach einiger Zeit.
„Mein Kind will verreisen. Es muss die Koffer packen. Du musst für die Zeit in ein Seniorenheim."

„Ich gehe in kein Heim. Ich will zu deiner anderen Tochter. Ich schlafe dort auf dem Sofa."
„Geht leider nicht. Eva muss arbeiten. Und du kannst nicht den ganzen Tag alleine bleiben. Im Seniorenheim hast du Gesellschaft. Du bekommst auch ein schönes Einzelzimmer."
„Aber nur, wenn ich im Zimmer essen kann."
„Warum das denn?"
„Weil mir oft etwas vom Teller, vom Löffel oder aus der Hand fällt."
„Okay, für die erste Zeit werden sie es bestimmt erlauben."
Beruhigt stimmte Mutter zu und ich atmete auf.
Als ich sie abends ins Bett gehoben und zugedeckt hatte, sagte ich lachend: „Jetzt ist Abend. Jetzt darfst du deine Zähne herausnehmen, damit du nicht den Sandmann beißt!" Sie lächelte mich an, nahm ihr Gebiss heraus, gab es mir und bedankte sich für meine Geduld. Da sie nur noch ganz selten lächelte, war dieser Moment für mich etwas ganz Besonderes.

Die meiste Zeit fuhren wir mit dem Auto meines Mannes zu Mutter, dadurch brauchte ich meinen fast 20 Jahre alten Polo nicht so oft betanken, konnte das Geld für ein neues Auto sparen.
Gemeinsam mit Mutter tranken wir Kaffee und unterhielten uns. Sie hörte die meiste Zeit zu. An Gesprächen beteiligte sie sich nicht mehr, wollte lieber fernsehen. Ich glaube nicht, dass sie etwas vom Inhalt der Filme mitbekam. Für sie waren es wahrscheinlich nur

bewegte bunte Bilder, mit denen sie gelegentlich etwas in Verbindung bringen konnte.
In der Zeit des Fernsehschauens machten mein Mann, Tina, Enkel Noah und ich einen langen Spaziergang. Wir liefen über die abgeernteten Maisfelder, scheuchten große schwarze Vögel auf, die sich an den übrig gebliebenen goldgelben Maiskörnern gütlich taten, pflückten auf einer lichten Waldwiese einen großen, bunten Herbststrauß, rannten mit unserem Enkel um die Wette durch den Wald, durch raschelndes Laub und fühlten uns frei und glücklich.

Sonntagmorgen rief Tina schon sehr früh an: „Oma ist in der Küche gefallen. Sie wollte wohl Fusseln in den Mülleimer bringen. Was soll ich machen? Ich kann ja nicht die ganze Zeit neben ihr sitzen."
„Reg dich nicht auf. Solange sie sich nichts gebrochen hat, ist es auch nicht schlimm. Blaue Flecke vergehen wieder."
Für Außenstehende hört es sich hart an, aber bis auf Schmerztabletten gab es nichts, was wir für sie hätten tun können. Verbote, nicht allein aufzustehen und in der Wohnung herumzulaufen, beachtete sie nicht oder sie vergaß sie schlichtweg. Für uns eine nicht zu lösende Aufgabenstellung. Bei allem Risiko wollten wir ihr das letzte Stück an Freiheit lassen.

Montag, 22. September
Als ich heute bei Mutter ankam, schlief sie noch tief und fest. Für mich ein willkommener Anlass, ihre Blu-

sen, Westen, Hosen und Schuhe in einen großen Karton zu packen und ins Auto zu bringen. Um festzustellen, ob ihr Lieblingssessel in den Kofferraum passte, suchte ich im Nähkasten nach einem Maßband. Länge? Breite? Flach hingelegt, müsste ich ihn mitbekommen. Ich nahm noch ein paar Kissen und ihre dicke, braune Häkel-Wolldecke mit, damit sie im Seniorenheim ihre eigenen Sachen hatte, sich nicht so fremd fühlen würde.

Abends erklärte ich ihr noch mal, dass sie übermorgen ins Seniorenheim müsse, weil in den kommenden Tagen keine Möglichkeit bestände, sie zu betreuen. Kein Kommentar ihrerseits.

Zu gern hätte ich gewusst, was sie dachte. Dachte sie überhaupt darüber nach? Was ging in ihr vor? Was fühlte sie? An ihrem maskenhaften Gesicht konnte ich nie oder höchst selten eine Reaktion ablesen. Wenn sie gefallen war, sich die Haut an den Armen abgeschrammt hatte, tat mir schon der Anblick weh, doch sie meinte nur: „Stell dich nicht so an. Mach ein Pflaster drauf und die Sache ist in Ordnung."

Wahrscheinlich hatte ihr Schmerzempfinden auch nachgelassen. Nur wenn sie über extrem starke Rückenschmerzen klagte, bedingt durch ihre Osteoporose, musste ich ihr Novalgin-Tropfen geben.

Dienstag, 23. September

Ich hatte für Mutter für den Aufenthalt im Pflegeheim ein dickes Kissen genäht, damit sie gerader im Sessel sitzen konnte, ihr der Rücken nicht so weh tat und sie nicht so viele Schmerztabletten nehmen musste.

Etliche Blusen nähte ich enger, weil sie inzwischen viel zu weit geworden waren. Außerdem bepflanzte ich einen großen Blumenkasten mit rosa Heidekraut. Dann brachte ich alles rüber ins Seniorenheim, in ihr Zimmer. Als ich nachmittags zu Mutter fuhr, wartete sie schon auf mich, wollte noch die Haare gewaschen haben. Frisch frisiert, im Sessel sitzend, machte ich ein Foto von ihr. Dass sie am nächsten Tag ins Heim sollte, hatte sie schon wieder vergessen.
„Ich kann doch gut zu den anderen Kindern ziehen, dort auf dem Sofa schlafen."
„Die haben keine Zeit. Müssen alle arbeiten. Das weißt du doch."
„Unsinn, die nehmen mich gerne. Du willst nur deinen Willen durchsetzen."
Ich drehte mich um und ging nach unten zur Tochter. Enkelin Katharina berichtete mir, dass Tina zu Oma gesagt hatte: „Nach dem Urlaub werde ich dich weiter pflegen."
„Warum sagst du so etwas, Tina? Ich möchte doch, dass sie nach Möglichkeit dort bleibt."
„Oma einfach in ein Heim zu stecken, finde ich schrecklich und gemein von dir."
„Meinst du vielleicht, ich mache es gerne? Bald ist Winter und wenn Glatteis ist, was dann? Ich kann nicht dauernd 15 km hin- und im Dunkeln wieder 15 km zurückfahren. Es ist zu anstrengend für mich. Außerdem ..., wer weiß, was aus meinen Händen wird?"
„Stell dich bitte nicht so an!"

„Ich habe heute schon Mühe, Oma aus dem Sessel zu heben. Findest du das vielleicht gut?"

Tina zuckte mit den Schultern und ging ihre Koffer packen. Ich überlegte, warum sie mir so in den Rücken fiel. Das Geld, das sie von mir für Mutters Pflege bekam, konnte sie sicherlich gut brauchen. Aber ab nächstem Monat musste sie ohnehin wieder arbeiten, ihre alte Stelle antreten. Und um ihren Sohn musste sie sich doch auch kümmern. Wenn er aus dem Kindergarten kam, brauchte er seine Mama. Außerdem musste auch sie am Abend mal Ruhe finden.

Abends fiel es mir schwer, Mutter auszuziehen. Ich dachte daran, dass sie heute wahrscheinlich das letzte Mal in ihrem eigenen Bett schlafen würde. Nachdem ich sie gut zugedeckt hatte, setzte ich mich noch einen Augenblick zu ihr, nahm ihre Hand und streichelte sie.

„Du brauchst keine Angst zu haben, es wird schon alles klappen."

Ergeben nickte Mutter.

Mittwoch, 24. September

Mein Mann und ich waren um zehn Uhr bei Mutter. Noch schnell die Waschutensilien zusammenpacken und ihr Oberbett nach unten ins Auto tragen, weil es wärmer und kuscheliger war als die Zudecke im Heim. Zu zweit haben wir Mutter festgehalten, vorsichtig Schritt für Schritt die Treppe heruntergebracht und ins Auto gesetzt. Es ging einfacher, als wir dachten.

„Tschüss Oma, bis in vierzehn Tagen", verabschiedete sich Tina von Mutter. Ich ärgerte mich über diesen

Satz, hatte gehofft, dass sie nichts in der Richtung sagen würde. Aber vielleicht hatte ich Glück und Mutter würde es bis dahin vergessen haben. Ich verabschiedete mich von meiner Tochter, gab Noah ein Küsschen und wünschte beiden einen schönen Urlaub.
Um Mülleimer rauszustellen, Blumen zu gießen und den Briefkasten zu leeren, bekam ich den Hausschlüssel. Außerdem sollte ich noch einen Suchtext wegen der verschwundenen Katze schreiben, drucken und beim Lebensmittelhändler aufhängen. Na ja, über letztere Aufgabe war ich nicht begeistert.

Die Fahrt zum Seniorenheim verlief gut. Am Eingang wurden wir von der Stationsleiterin begrüßt und aufs Zimmer begleitet. Während ich Mutters Sachen in den Kleiderschrank räumte, saß sie in ihrem Sessel. Ich stellte fest, dass sie für ihren Po zusätzlich ein dickes Kissen brauchte, da sie zu tief saß, daher nicht gut aufstehen konnte.
Um 11:45 Uhr gab es Mittagessen. Der Speiseraum war sehr ansprechend mit hellen Möbeln ausgestattet. Die einzelnen Tische hatten abwaschbare rosa Decken, und auf jedem Platz lag ein blaues Set mit Namen, sodass das Personal alle Bewohner direkt ansprechen konnte.
Wasserflaschen, Salz- und Pfefferstreuer standen mitten auf dem Tisch. Außerdem lagen für jeden Bewohner eine Serviette und ein großes Lätzchen bereit.
Nach dem Essen brachte ich Mutter zurück in ihr Zimmer und half ihr ins Bett. „Tschüss ... Schlaf gut und

träum was Schönes. Gegen Abend komme ich wieder."
Um 17 Uhr ging ich wieder rüber. Mutter war in Haus drei untergebracht, ein Haus nur für Demenzkranke. Als ich an der Tür klingelte, kam eine Schwester zu mir heraus und erklärte mir den Eingangsbereich.
„Wenn Sie geklingelt haben, wird vom Büro aus geöffnet. Sie gehen hinein, stehen in einer Art Schleuse und warten, bis sich die Tür hinter Ihnen geschlossen hat. Dann treten Sie vor die nächste Tür, die sich durch einen Bewegungsmelder öffnet. Sie gehen hindurch und sind im Haus. Wenn Sie es verlassen wollen, funktioniert es genauso. Auf diese Weise können wir zu fast 100 % sicher sein, dass kein Patient unbefugt das Haus verlässt. Eine tolle technische Anlage. Früher mussten wir entwichene Patienten des Öfteren mit der Polizei suchen lassen, was sehr kostspielig für uns war. Heute kann es höchstens vorkommen, dass sich ein Patient im Zimmer irrt, womöglich dort übernachtet, da es ja meistens Zwei-Bett-Zimmer sind. Bei fortgeschrittener Krankheit suchen diese Menschen oft die Nähe eines anderen."
Ich bedankte mich bei der netten Schwester und begab mich in Mutters Zimmer. Sie saß in ihrem Sessel und schaute sich die Nachrichten im Fernsehen an. Zwischendurch erzählte sie mir, dass es zum Kaffee leckeren Kuchen gegeben hätte.
Um 17:45 Uhr war immer Abendbrotzeit. Alle Patienten konnten so viel essen, wie sie wollten. Es gab belegte Brote, Gurkensalat und Tee. Das Brot konnte Mutter allein essen, den Becher musste ich ihr anreichen.

Anschließend saßen wir in ihrem Zimmer. Als die Schwester kam und sie für die Nacht fertig machen wollte, verabschiedete ich mich von ihr.
Alles in allem hatte es besser geklappt, als ich gedacht hatte.

Am nächsten Morgen ging ich wieder rüber, das Heim lag genau gegenüber unserer Wohnung, und probierte Mutter eine von mir neu genähte Jacke an. Sie passte, nur die Ärmel mussten etwas länger gemacht werden.
„Die Brombeerfarbe steht dir richtig gut! Verleiht deinem Gesicht ein bisschen Farbe."
„Eigentlich brauche ich keine neue Jacke. Aber sie wärmt schön." Mit zittrigen Fingern strich Mutter über den kleinen Fellkragen, der früher zu einem Wintermantel gehörte, und den ich jetzt auf die Jacke genäht hatte.
Als ich gehen wollte, klopfte es an der Tür. Schwester Bärbel kam herein, wandte sich an Mutter und fragte: „Wie ist es, kommen Sie mit zum Ballspielen?" Bevor sie ablehnen konnte, sagte ich: „Ballspielen ist gut für deine Finger. Ich begleite dich bis ins Wohnzimmer, schaue noch einen Moment zu."
Das 16 Quadratmeter große Zimmer am anderen Ende des Flurs war tatsächlich ein Wohnzimmer, eingerichtet mit einem großen ovalen Ausziehtisch, mit weinrotem Stoff bezogenen Polsterstühlen, einer dunklen Nussbaumvitrine und einer hohen Standuhr, die wie Big Ben schlug. In der einen Ecke stand sogar eine alte Stoewer-Nähmaschine und an der Wand hingen ein

großes Gobelin-Stickbild mit bunten Blumen sowie einige alte Stiche.
Schrecklich schön, aber genau passend für die Bewohner. Sie sollten sich ja wie zu Hause fühlen.
Die alten Herrschaften saßen im Stuhlkreis und warfen sich gegenseitig einen dicken Ball zu. Mutter traute sich zuerst nicht. Als die Schwester ihr den Ball zuwarf, musste sie ihn notgedrungen auffangen und wieder einem anderen zuwerfen. Dafür wurde sie von Schwester Bärbel gelobt. Leise schlich ich mich hinaus und ging nach Hause.
Nachmittags war Eva bei Mutter. Sie half ihr in den Rollstuhl und fuhr mit ihr draußen spazieren. Begeistert war Mutter davon nicht. Sie meinte: „Es rüttelt zu sehr, ist nicht gut für meinen Rücken."

Freitag, 26. September
Ich hatte Mutters Jacke fertig genäht und brachte sie ihr nachmittags. Als ich ins Zimmer kam, saß sie im Sessel und schaute fern. Ein Leihgerät vom Heim. Eine Woche kostete 14 Euro. Ich hatte keine Lust, ihren alten, schweren Apparat hierher zu schleppen. Wir unterhielten uns ein bisschen. Das heißt: Ich fragte und sie gab Antwort.
„Was hast du zu Mittag gegessen?"
„Ich weiß es nicht mehr."
„Hat es denn geschmeckt?"
„Ich glaube schon."
Und wie geht es dir heute?"
„Wie immer."

Am Samstagvormittag ging mein Mann mit zu Mutter. Sie saß im Flur, eine Art Aufenthaltsraum, und wirkte sehr ungehalten.
„Warum habt ihr mich nach Wissingen gebracht? Was soll ich in diesem komischen Hotel?"
Um sie zu beruhigen, nahmen wir sie in den Arm und gingen mit ihr ins Wohnzimmer.
„Schau, hier sieht es fast so aus wie damals in unserer guten Stube auf dem Bauernhof. Erinnerst du dich?", fragte ich sie. Mutter schaute in die Runde und nickte zustimmend.
Ich zeigte auf das Sofa hinten am Fenster. „So einen roten Bezug hatte unseres auch. Opa, das heißt dein Vater, saß immer in der rechten Ecke und erzählte abends allen, die es hören wollten, Schauergeschichten. Eine fand ich besonders gruselig. Mal sehen, ob ich dich damit auf andere Gedanken bringen kann. Komm, setz dich aufs Sofa und hör zu."
Ich nahm auf dem Stuhl gegenüber Platz, räusperte mich und begann: „Als dein Vater noch etwas jünger war und wenn es die Arbeitszeit auf dem Hof erlaubte, zog er mit seiner kleinen Schafherde übers Land. Ich glaube, es muss Anfang November gewesen sein. Jedenfalls wurde es früh dunkel. Die Wiesen waren feucht und dichter Nebel stieg auf.
Von Holsten-Mündrup aus wollte er zurück nach Hause, zum Hof, um die Schafe unterzustellen. Als er am Königsbach ankam, sah er das Malheur. Irgendjemand hatte mal wieder ein paar von den dicken Holzbohlen geklaut, die als Brücke über den gluckernden Bach

lagen. Es würde schwierig werden, die Schafe über die verbliebenen Bohlen zu treiben. Dein Vater pfiff nach seinem Hütehund, damit er ihm behilflich sei. Als er sich wieder zum Bach drehte, saßen vier dicke, pechschwarze Katzen mit leuchtenden gelben Augen mitten auf den rauen Bohlen und starrten ihn an wie der Teufel persönlich. Kalt zog es ihm den Rücken herunter und er wagte nicht, sich zu bewegen. Wie auf Kommando fingen die Schafe an zu blöken. Hund Rex drängte sich an ihn, sträubte das Fell und knurrte. Schließlich nahm dein Vater seinen ganzen Mut zusammen, ging langsam auf die schwarzen Ungeheuer zu und wollte sie vertreiben. Plötzlich fing die erste große Katze an zu fauchen und setzte zum Sprung an. In seiner Not nahm dein Vater den Schäferstock, schlug ihr eins über und traf sie mitten ins Gesicht. Wie der Blitz sausten die anderen zurück und verkrochen sich im Gebüsch. Die große fauchte noch ein paar Mal, sprang dann miauend vom Steg und lief zu den anderen.

Eilig trieb dein Vater die Schafe hinüber und war froh, als er heil zu Hause angekommen war.

Am nächsten Tag musste er nach Hengelsberg, sich den neuen Schafbock abholen. Auf der Höhe vom Schnettberg kam ihm eine alte, bucklige Frau entgegen, die einen langen, roten Strich quer über das Gesicht hatte. Gegrüßt hat sie nicht, ihn nur böse angeschaut. Seitdem hat dein Vater es so eingerichtet, dass er immer vor Beginn der Dämmerung zu Hause war, und zwar aus Angst, diese komische alte Hexe könnte ihm wieder begegnen."

Ich schaute Mutter an. Sie hatte sich wieder beruhigt, und als wir sie zurück in ihr Zimmer brachten, meinte sie aufatmend: „Endlich bin ich wieder zu Hause." Sie hatte ihren Sessel mit den vielen Kissen und das Pflegebett wiedererkannt, das genauso aussah wie das Bett in ihrer Wohnung. Froh darüber, blieb ich noch bei ihr, bis sie zum Mittagessen geholt wurde.

Als ich Sonntagnachmittag zu Mutter kam, empfing sie mich mit den Worten: „Stell dir vor, man hat mich beklaut. Ich hatte 140 DM im Portmonee. Jetzt ist alles weg!"
„Hier klaut keiner."
„Doch, doch! Warum willst du mir nicht glauben? Es war der Mann, der so ungepflegt aussieht. Der immer im Trainingsanzug und in Pantoffeln im Flur herumläuft."
„Das ist doch kein Grund zum Klauen."
„Der war aber auch schon mal bei mir im Zimmer."
„Vielleicht fand er dich nett, wollte dich besuchen?"
„Unsinn, der wollte nur mein Geld." Mutter war nicht davon abzubringen. Wahrscheinlich hatte sich der Mann in der Tür geirrt, bei Demenz kein Wunder.
Ich holte das Portmonee aus der Nachttischschublade und schaute nach. „Du hattest nur einen 5-Euro-Schein und ein bisschen Kleingeld. Der Schein ist tatsächlich weg. Hast du ihn der Schwester als Trinkgeld gegeben?"
„Kann schon sein. Ich weiß es nicht mehr. Aber die anderen Scheine sind weg, ob du's mir nun glaubst oder nicht."

„Dann sind sie halt weg. Aus einem leeren Portmonee kann keiner mehr was stehlen. Wenn du etwas brauchst, sag es mir. Ich gehe dann für dich einkaufen. Übrigens, du hast heute viel zu wenig getrunken." Demonstrativ hielt ich ihr die Wasserflasche hin. „Trinken ist wichtig. Ist gut fürs Gehirn!" Ich reichte ihr ein Glas Wasser, das sie widerstrebend austrank.

„Möchtest du nach draußen? Ist schön warm in der Sonne."

„Wir können es ja versuchen." Ich reichte ihr den Handstock, öffnete die Terrassentür, nahm sie fest am Arm, und wir gingen langsam, Schritt für Schritt, bis zu der kleinen Bank am Ende der gepflasterten Terrasse und setzten uns.

„Wenn ich doch bloß besser laufen könnte!", meinte sie kläglich.

„Wenn du immer viel trinkst, klappt es bestimmt", tröstete ich sie. Still saßen wir da und beobachteten ein paar Meisen, die emsig in einem Rosenbusch nach Nahrung suchten.

„Irgendwo in der Nähe haben sie ihr Nest." Suchend schaute Mutter sich um.

„Um diese Zeit haben sie keine Jungen mehr."

„Wieso?"

„Es wird Herbst. Drüben am Baum sind die Blätter schon ganz gelb."

„Aber es ist doch noch so schön warm."

„Altweibersommer, passend für uns zwei." Wir kicherten, alberten herum und fühlten uns wie zwei glückliche kleine Mädchen.

Beim Abendessen musste ich Mutter füttern. Sie schaffte es nicht, die Brotschnitte zu halten und abzubeißen. Den Tee trank sie mit einem Strohhalm. Die Tabletten legte ich auf einen Teelöffel und gab sie ihr in den Mund. Dabei stellte ich fest, dass die Parkinson-Tablette fehlte. Vielleicht konnte sie deshalb so schlecht laufen. Ich ging ins Büro und fragte nach.
„Seit gestern sind keine Tabletten mehr da. Sie müssen uns neue besorgen", bekam ich zur Antwort.
„Kann nicht sein. Ich habe mehrere Packungen mitgebracht."
Beflissen durchsuchte die Schwester den ganzen Medikamentenschrank. In der untersten Schublade wurde sie schließlich fündig, gab mir eine von Mutters Parkinson-Tabletten und entschuldigte sich bei mir für ihre Nachlässigkeit.
So etwas durfte eigentlich nicht vorkommen. Diese Tabletten musste Mutter immer zur gleichen Zeit nehmen, da sonst der Medikamentenspiegel durcheinander geriet.

Am nächsten Tag saß Mutter in ihrem Zimmer, wollte nicht mit ins Wohnzimmer, wollte nicht zu den anderen Senioren, wollte auch nicht fernsehen, fand alles „doof!".
Als mein Mann Mutter am Dienstagmorgen die Zeitung bringen wollte, fand er sie nicht in ihrem Zimmer.
Es war 11 Uhr. Mutter saß allein im Speiseraum und frühstückte. Als er sie begrüßte, sagte sie: „Soll ich dir

einen Witz erzählen. Man hat mich heute Morgen vergessen."

„Wie kann denn so etwas passieren?", ungläubig sah mein Mann sie an. Mutter zuckte mit den Schultern. Sie hätte klingeln können, aber sie wollte den Schwestern nicht zur Last fallen.

Nachdem mein Mann mir alles erzählt hatte, rief ich beim Pflegedienstleiter an und beschwerte mich. Wir verabredeten uns zu 16 Uhr.

Pünktlich war ich in seinem Büro. Schwanzwedelnd begrüßte mich ein großer schwarzer Hund, wahrscheinlich ein Labrador-Mischling.

„Das ist Emma, ein sehr zutrauliches Tier. Unsere Bewohner lieben den Hund und freuen sich, wenn sie ihn streicheln dürfen", sagte der Pflegedienstleiter und mit zerknirschtem Gesicht meinte er: „Ich war schon bei Ihrer Mutter und habe mich für das Versehen entschuldigt, was ich hiermit auch bei Ihnen tue. So etwas darf nicht vorkommen. Ich habe auch die diensthabende Schwester zur Rede gestellt." Er erklärte mir, dass er in den nächsten Tagen mit Mutter eine gleichaltrige Frau in der ersten Etage besuchen wolle, damit sich die beiden kennen lernen könnten. Vielleicht fänden sie ja Gefallen aneinander.

Ich dankte ihm für seine Bemühungen und hoffte, dass so etwas nie wieder vorkommen würde.

Als ich Mutter von dem Gespräch erzählte, winkte sie nur ab. „Was soll ich mit einer fremden Frau reden?"

„Wenn du hier eine nette Bekannte findest, ist es doch nicht so langweilig, und die Zeit vergeht wie im Flug."

„Ich habe doch nie Zeit. Wenn ich nach dem Frühstück etwas schlummern will, holen sie mich zum Spielen. Dann gibt es Mittagessen, und bis ich wieder im Bett bin und schlafen kann, ist schon fast Kaffeezeit. Man kann ja nicht mal in Ruhe seinen Mittagsschlaf halten."
„Sei doch froh, dass die Zeit so schnell vergeht."
„Ja, ja! Ruck zuck bin ich tot und liege im Grab."
„So schnell geht das nun auch wieder nicht." Um sie abzulenken, zeigte ich ihr das Poster fürs Erntedankfest, das demnächst hier stattfinden sollte.

Gut, dass wir genau gegenüber vom Seniorenheim wohnten. So konnte ich zu jeder Zeit Mutter besuchen. An diesem Morgen saß sie im Sessel und versuchte, ihre Fingernägel zu kürzen. „Du kommst genau richtig. Hilf mir mal dabei!"
„Soll ich auch deine Haare waschen?"
„Ach was, die sind nicht fettig. Außerdem ist es hier zu umständlich."
Etwas später versuchte ich, Mutter in den Rollstuhl zu setzen. Eine schwierige Angelegenheit. Trotz ihres Federgewichts konnte ich sie kaum halten. Ich fuhr mit ihr den Flur entlang bis zur großen, gläsernen Eingangstür. Von hier aus konnten wir wunderbar nach draußen sehen. Ich erzählte ihr, dass ich heute Nachmittag nicht kommen könnte. „Ich habe einen Stand auf dem Flohmarkt. Will versuchen, die zu klein gewordene Kleidung von Noah zu verkaufen."
Es herrschte geschäftiges Treiben auf dem Flohmarkt im Gemeinschaftszentrum. Ich hatte schon einige Sa-

chen verkauft, da klingelte plötzlich mein Handy. Eine Schwester vom Seniorenheim meldete sich und sagte: „Wir mussten den Notarzt holen. Ihre Mutter hat starke Bauchschmerzen. Eventuell eine Magenverstimmung. Wir haben Tropfen aus der Apotheke holen lassen. Bitte kommen Sie heute Abend vorbei und begleichen das Rezept."
Als ich ankam, lag Mutter im Bett. „Geht es dir besser?", fragte ich.
„Ein bisschen", flüsterte sie gequält.
„Vielleicht solltest du etwas essen. Dein Abendbrot steht hier auf dem Nachttisch." Ich reichte ihr abwechselnd die Schnitte Brot mit Käse und den Becher mit Pfefferminztee. ‚Bei einer Magenverstimmung könnte sie eigentlich die Schnitte Brot nicht essen', überlegte ich. ‚Vielleicht ist ihre Krankheit psychisch, da ich heute Nachmittag nicht bei ihr war?'
Nach ungefähr einer Stunde waren die Bauchschmerzen weg, und ich konnte beruhigt nach Hause gehen.

Mutter ging es wieder einigermaßen gut. Sie freute sich über meinen Besuch und über die mitgebrachten Weintrauben. Als ich ihren Kamm aus dem Bad holen wollte, stellte ich fest, dass sich unter dem Waschbecken eine große Wasserlache befand. Ich sagte der Schwester Bescheid, und gemeinsam versuchten wir, die Eckventile unter dem Becken zuzudrehen. Es funktionierte aber nicht. Die Schwester holte einen Eimer und stellte ihn darunter.

Bis der Schaden behoben sein würde, sollte Mutter das Zimmer 325 gegenüber auf dem Flur beziehen. Ich trug schon mal ihre Kleidung hinüber und hängte sie in den Schrank. Ihr kleines Sideboard schob ich mit ins Zimmer.
Inzwischen waren Seniorenheim- und Pflegedienstleiter gekommen und besahen sich den Schaden. Ich bat die Herren, Mutters Fernseher ins andere Zimmer zu tragen.
Es war ein schönes großes Zimmer, gelb gestrichene Wände, und gelb, orange und blau gestreifte Gardinen. Der ganze Raum wirkte warm, sonnig und gefiel mir sehr gut. Auch war er viel geräumiger als das Zimmer, das sie bisher hatte.
Mutter verstand das Ganze nicht, fand den Umzug „blöd". Sie wollte unbedingt wieder in ihr altes Zimmer. Das Zimmer war ihr Heim geworden. Hatte sie ihr richtiges Zuhause schon vergessen?

Am nächsten Tag war das Erntedankfest. Als ich kam, saßen Mutter und alle anderen Bewohner im Speiseraum um einen schön dekorierten Tisch, auf dem verschiedene Brotsorten lagen. Eine ältere Nonne aus dem Kloster las den lauschenden Zuhörern das Märchen vom selbst gebackenen Stuten vor. Als sie zum Abschluss das Lied ‚Es klappert die Mühle am rauschenden Bach' anstimmte, sangen die meisten Bewohner freudig mit. Es war ein schönes Fest, und alle hatten dazu beigetragen.

3. Oktober, Feiertag
Der ‚Tag der Deutschen Einheit', der Tag, an dem die DDR der Bundesrepublik Deutschland beitrat. Mein Mann brachte morgens die Tageszeitung zu Mutter. Anschließend berichtete er mir, dass sie ihre Tabletten beim Einnehmen verloren hätte. Sie wäre nicht mehr in der Lage, die Tabletten allein bis zum Mund zu führen. Für zittrige Finger waren sie auch wirklich viel zu klein. Abends hatte ich ja schon Mühe, sie einzeln auf den Löffel zu legen, um sie Mutter zu reichen. Ich würde der Schwester sagen müssen, dass sie Mutter morgens und mittags die Tabletten in den Mund legen müsste.
Gegen Abend besuchte ich Mutter. Sie wollte laufen. Ich half ihr aus dem Rollstuhl, konnte sie aber kaum halten. Ermattet gab sie nach ein paar Schritten auf.
Die mitgebrachten gewaschenen Nachthemden, Jogginghosen und Blusen legte ich in den Schrank. Dann fuhr ich Mutter mit dem Rollstuhl ins Speisezimmer.
Zum Abendessen gab es eine halbe Schnitte Graubrot mit Käse und gesüßten Tee. Nachdem sie ihre Tabletten genommen hatte, holte ich ihr aus der kleinen Küche noch etwas Kompott als Nachtisch.
„Ich glaube, du willst mich mästen", meinte Mutter.
„Von einer halben Schnitte Brot und ein bisschen Kompott wird man nicht dick. Es würde dir aber auch nicht schaden, wenn du etwas mehr auf die Rippen bekämst. Du wiegst viel zu wenig!"
„Ach, was. Ihr habt Last genug mit mir."
Wieder im Zimmer, stellte ich ihr den Fernseher an, gab ihr einen Kuss auf die Wange und verabschiedete mich.

Am Samstagnachmittag lag Mutter angezogen auf dem Bett, konnte nicht mehr sitzen. Sie erzählte mir, dass sie die Nacht in Oesede gewesen sei, da geschlafen hätte.
„Stell dir vor, die hatten dort das gleiche Bett wie hier."
„Das Ganze hast du nur geträumt."
„Nein, nein. Ich weiß genau, dass es Oesede war."
„Ich glaube, es liegt daran, dass du zu wenig getrunken hast. Deine Wasserflasche ist noch fast voll."
„Wenn ich so viel trinke, muss ich dauernd. Ich kann doch nicht immer nach der Schwester läuten, damit sie mit mir aufs Klo geht."
„Du hast doch ein Windelhöschen an."
„Ich bin doch kein Baby!"
„Das habe ich auch nicht gesagt. Ich weiß selber, wie unangenehm es ist. Es lässt sich aber nicht ändern. Du musst viel trinken, sonst wird es mit deinem Gedächtnis immer schlimmer."
„Meinst du, dass ich spinne?"
„Na ja. Manchmal schon. Aber nur ein bisschen!"
Lachend nahm ich sie in den Arm und drückte sie an mich. „So, jetzt isst du einen Apfel. Zu Hause habe ich ihn schon in dünne Scheiben geschnitten, damit du ihn gut kauen kannst." Ich öffnete die Tupperdose, und bereitwillig ließ Mutter sich von mir füttern.

Damit Mutter etwas besser aussah, wollte ich ihr am Sonntagmorgen die Haare waschen. Mit dem Rollstuhl fuhr ich sie ins Bad, half ihr aufzustehen und sich am

Waschbecken festzuhalten, was ihr nur unter äußerster Kraftanstrengung gelang.

Eilig wusch ich ihre Haare, wickelte ein Handtuch um ihren Kopf und setzte sie wieder in den Rollstuhl. Dann fuhr ich sie zurück ins Zimmer und drehte ihre Haare auf Lockenwickler. Gut, dass Mutter die aufblasbare elektrische Haube besaß, sodass ihre Haare nach zwanzig Minuten trocken waren und ich sie auskämmen konnte. Damit sie ihre Frisur begutachten konnte, reichte ich ihr den großen Handspiegel.

„Ich sehe schrecklich aus. Die Falten werden immer mehr", murmelte sie.

„Quatsch! Für dein Alter siehst du noch richtig gut aus."

Ich musste bei Mutters Antworten genau zuhören, um sie noch zu verstehen, so zittrig und leise sprach sie in der Zwischenzeit.

Mein Mann besuchte sie am Nachmittag. Als er wiederkam, sagte er: „Mutter ist heute sehr renitent. Sie meckert über alles. Nichts kann ich ihr recht machen. Vielleicht hast du nachher mehr Glück."

Hatte ich leider nicht!

Mutter lag im Bett und verweigerte das Abendessen. Als die Schwester sie holen wollte, stand sie nur unter der Bedingung auf, dass sie im Zimmer essen dürfe. Anschließend sollte ich sie ausziehen und ins Bett bringen. Diesmal weigerte ich mich. „Schwester Beate kann das viel besser. Sie hat das schließlich gelernt."

„Dummes Zeug. Du bist nur zu faul!"

Entsetzt sah ich sie an.
„Heute Morgen habe ich mir die Mühe gemacht und dir die Haare gewaschen. Ist das der Dank dafür?"
Mutter reagierte nicht darauf, sah mich nur aufmüpfig an. Ich drehte mich um und ging. Es war besser so!
Im Flur traf ich auf Schwester Monika. Als sie mein Gesicht sah, meinte sie: „Ärger mit Ihrer Mutter? Meistens ist sie ja lieb, aber gestern kam sie so gegen 22 Uhr im langen Nachthemd mit Stock und Rollstuhl ins Büro und befahl uns, das Fernsehen auszuschalten und sie endlich ins Bett zu bringen. Wie sie das geschafft hat, weiß ich auch nicht. Ist sehr gefährlich, so eine Sache. Aber was sollen wir machen? Man kann sie ja nicht anbinden im Bett."
„Wenn es schlimmer wird, müssen Sie das Gitter hochstellen."
„Dazu brauchen wir eine richterliche Genehmigung, von wegen Freiheitsberaubung."

Am Montagmorgen fuhr ich mit dem Bus in die Stadt und ging zur Krankenkasse, um einen Antrag für Vollzeitpflege, Rezeptbefreiung und Pflegestufe zwei zu stellen. Der ältere Angestellte, zu dem ich immer ging, hatte Zeit. Er füllte die Anträge für mich aus und gab mir das Schreiben fürs Seniorenheim gleich mit. Ganz wohl war mir bei der Sache nicht, aber wir konnten Mutter zu Hause nicht mehr pflegen. Dafür waren wir nicht ausgebildet. Die Schwestern im Heim versorgten Mutter meistens sogar zu zweit und waren zudem ausgebildet und berufserfahren.

Auf dem Heimweg musste ich dauernd niesen. Die Nase lief und es kratzte im Hals. Wegen der Ansteckungsgefahr ging ich an diesem Tag nicht zu Mutter!
Statt meiner ging mein Mann rüber und half ihr beim Abendessen. Später berichtete er mir, dass Mutter wieder aus dem Bett gefallen sei, überall blaue Flecken habe.
Ich nahm mir vor, mit dem Pflegedienstleiter zu sprechen, damit über Nacht das Gitter fest installiert würde.

7. Oktober
Um 9 Uhr hatten mein Mann und ich einen Termin beim Zahnarzt. Unsere Zähne waren okay, nur etwas Zahnstein musste entfernt werden. Ich verkaufte dem Arzt noch eins von meinen Büchern. Er wohnte inzwischen in Bissendorf und freute sich auf den Roman, weil ich ihm erzählt hatte, dass einige Kapitel rund um den Ort angesiedelt waren.
Mittags rief ich Eva an, damit sie Mutter beim Abendessen half. Ich hatte keine Zeit, musste im eigenen Garten arbeiten, ihn winterfest machen, Blumen und Sträucher abschneiden. Damit war ich den ganzen Tag beschäftigt. Fünf große Säcke voll Abfall mussten weggebracht werden. Zwischendurch lutschte ich Hustenbonbons. Weil meine Nase triefte, musste ich immer wieder das Taschentuch hervorkramen.
Mein Mann saß derweil oben in seinem Zimmer und las ein spannendes Buch. Tolle Arbeitsaufteilung!
Gegen Abend wartete ich auf Eva, telefonierte hinter ihr her, erreichte sie aber nicht. Mein Mann ging rüber

zu Mutter, half ihr beim Abendessen und gab ihr die Tabletten. Ein Glück, dass er mir diese Arbeit abnahm.

Mittwochvormittag erledigte ich die Restarbeiten im Garten, damit wir nachmittags nach Bissendorf fahren konnten. Mein Mann wollte dort den Rasen mähen. Dreimal hin und zurück und der neue Mäher gab den Geist auf. Wir luden ihn ins Auto und brachten ihn zurück zum Händler. Die Reparatur sollte ungefähr eine Woche dauern. ‚Hoffentlich stimmt die Aussage, sonst müssen wir für den Rasen eine Ziege anschaffen', dachte ich und schmunzelte selber über meinen Humor.
Eva war an diesem Tag auch noch nicht bei Mutter gewesen. Notgedrungen, trotz Schnupfen, besuchte ich sie. Klein und zusammengefallen saß sie im Rollstuhl und schaute mich mit großen traurigen Augen an. ‚Hat sie resigniert? Weiß sie, dass sie nicht mehr lange zu leben hat?' Meine Begrüßung ließ sie ohne Kommentar über sich ergehen.
„Geht es dir nicht gut?"
„Wie immer", flüsterte sie.
„Kannst du nicht lauter sprechen?"
Sie schüttelte den Kopf. Ich nehme an, dass es für sie zu anstrengend war.
In den letzten zwei Tagen hatte sie rapide abgebaut, bestand nur noch aus Haut und Knochen. Schrecklich! Mitleidig zog sich mein Herz zusammen. Sanft nahm ich ihre Hand und streichelte sie. Ein leichter Druck ihrerseits teilte mir mit, dass sie es als schön empfand. Ich musste mich zusammenreißen, um nicht zu

weinen. Schweigsam saßen wir eine Weile nebeneinander.
Beim Abendessen schnitt ich das Leberwurstbrot in Häppchen, hielt ihr den Becher mit Pfefferminztee hin, damit sie mit dem Strohhalm daraus trinken konnte. Sie saugte am Strohhalm, aber ihre Kraft reichte nicht. Es war zu schwer, zu anstrengend für sie. Aus der Küche holte ich eine Schnabeltasse und ließ den warmen Tee vorsichtig in ihren Mund fließen. Mutter verschluckte sich, hustete, wollte nicht mehr trinken. Ich ging wieder in die Küche, machte ihr einen dünnen Milchbrei und fütterte sie damit. Es klappte gut. Sie aß die ganze Schüssel leer. Mit der Serviette wischte ich ihr den Mund ab und sagte: „Das hast du gut gemacht. Morgen scheint bestimmt die Sonne." Zustimmend nickte sie und zeigte zum Ausgang.
„Willst du wieder in dein Zimmer?"
„Ja", kam es leise über ihre Lippen.
Vorsichtig umrundete ich mit dem Rollstuhl die Tische, fuhr den Flur entlang und schob sie in ihr Zimmer.
„Zu Hause", murmelte sie. Ich blieb bei ihr, bis die Schwestern kamen und sie gemeinsam fürs Bett fertig machten.

Am Donnerstag war ich schon um 14 Uhr bei Mutter, brachte ihr saubere Wäsche. Die schmutzigen Sachen, die sich im Badezimmer befanden, steckte ich in die Tüte, um sie später mitzunehmen.
Mutter lag im Bett, wollte zum Kaffee nicht aufstehen. Schwester Bärbel brachte das Tablett ans Bett. Ich

fütterte Mutter mit kleinen Kuchenstückchen und reichte ihr die Schnabeltasse mit Kaffee an. In winzigen Schlucken trank sie auch ein Glas Orangensaft, den ich ihr von zu Hause mitgebracht hatte. Dann zog ich meinen Stuhl dicht an ihr Bett und hielt ihre Hand.
„Ich habe Bauchschmerzen und alle Knochen tun mir weh, besonders die Hacken", kam es weinerlich über ihre Lippen.
Ich massierte sie und legte ihr ein Kissen unter die Füße, damit kein Druck entstand, die Hacken entlastet waren.
„Ist es so besser?"
Sie nickte. Bis 16 Uhr blieb ich bei ihr. Dann musste ich nach Hause, weil der Fensterputzer kam.
Schnell nahm ich Gardinen ab, räumte die Fensterbänke leer und stellte die Blumen an die Seite. Es war viel Arbeit, da später alles wieder hingestellt werden musste.
Abends waren Eva und ihr Mann bei Mutter und fütterten sie. Anschließend kamen sie zu uns. Eva fand es schrecklich im Heim, beschwerte sich darüber: „Als wir ankamen, saßen die Alten in ihren Rollstühlen auf dem Flur, nebeneinander aufgereiht wie Hühner auf der Stange. Und dieser strenge Geruch, ekelig! Das Personal könnte doch wenigstens mal lüften." Eva rümpfte die Nase.
„Machen sie ja auch, aber irgendeiner hat immer die Hose beziehungsweise die Windel voll", antwortete ich.
„Und wenn man sieht, wie die meisten essen, da hat man selber schon keinen Hunger mehr." Eva schüttel-

te sich. „Stell dir vor, Mama, die eine hat dauernd auf ihren vollen Löffel gepustet, sodass die Milchsuppe quer über den Tisch spritzte. Und diese kleine grauhaarige Frau ohne Zähne, die an dem viereckigen Tisch hinter Oma sitzt, wollte partout ihre Serviette essen. Meinte wohl, die aufgemalten Erdbeeren wären echt. Gruselig! So schnell bekommt ihr mich da nicht wieder hin!"
„Nun stell dich bloß nicht so an. Sei froh, dass du bei Oma keine Windeln wechseln musst."

Bei meinen Besuchen empfand ich das Benehmen der Patienten zuerst auch erschreckend, aber sie wussten es nicht besser, und man gewöhnte sich an den Anblick. Zum Beispiel an die kleine hagere Frau, die hektisch den ganzen Tag auf dem Flur hin und her lief, sich dabei am Holzgeländer festhielt, das in Handhöhe an der cremefarbenen Wand angebracht war. Und an den großen, schlanken Mann, der beim Abendessen alle paar Minuten wie von der Tarantel gestochen von seinem Stuhl hochsprang, hektisch seinen Pullover geradezog und sich wieder hinsetzte.
Die grauhaarige, zahnlose Russin weinte die ganze Zeit, weil sie nicht verstand, was die Schwester ihr erklärte, weil niemand da war, der Russisch mit ihr sprach. Ob sie hier in diesem Land keine Verwandten hatte? Ich hatte jedenfalls noch nie Besuch bei ihr gesehen.
Frau Maier besuchte ihren kranken Mann jeden Tag. Der Ärmste lag in einer Art Bettrollstuhl. Er konnte sich

überhaupt nicht mehr bewegen. Bei ihm war die Krankheit sehr schnell fortgeschritten. Innerhalb von vier Monaten war er ein akuter Pflegefall geworden. Kaum zu begreifen, doch Frau Maier kümmerte sich sehr liebevoll um ihn. Viele Angehörige halfen sich untereinander, wie ich feststellen konnte. Man musste nur den ersten Schock überwinden und sich etwas zutrauen.

10. Oktober
Ich hatte Mutters Hosen, Blusen und Schlafanzüge gebügelt und die letzten roten Rosen aus meinem Garten abgeschnitten, mit rosa Heidekraut und rötlich gelben Weinblättern zu einem Biedermeierstrauß gebunden. Den wollte ich Mutter mitbringen.
Der Strauß erinnerte mich an ihren 75. Geburtstag. Damals hatte sie von mir auch rote Rosen und ein kleines von mir illustriertes Buch mit einem selbstverfassten Text bekommen.
„Meine Mutter, sie ist wie eine rote Rose im Garten anzuschauen. Stolz, hübsch und ein wenig eitel wie die meisten Frauen.
Sie stammt aus einer alten Bauernfamilie mit überlieferten Gebräuchen und Sitten, so hilft sie auch gleich, wenn die Nachbarn mal bitten.
Sie ist Besitzerin eines Hauses mit schönem Garten, ordentlich gepflegt, wie könnte man es anders erwarten.
Alles möchte sie selber machen, selbstständig wie sie nun mal ist, doch auch ihr zeigt das Alter ihre Grenzen und ich höre sie flüstern: ‚So'n Mist.'

Sie bedauert sehr, dass der Garten wird kleiner, doch größer nie mehr. Die eigene Erfahrung, sie zeigt auch ihr, was sie früher schaffte an einem Tag, dafür braucht sie heute drei oder vier.

Etwas uneinsichtig muss sie sich gestehen, der Schwung, den sie morgens noch hatte, wird bis mittags vergehen. Im Spiegel sind immer mehr Falten zu sehen. So ist es nun mal, man muss dazu stehen.

Es nützt kein Verhüllen in langen Gewändern, Ärmeln mit Bündchen und Kragen bis zum Kinn, was soll ich mit ihr reden, wer weiß, wie ich selber mal bin.

Sie betet für uns alle, ist sehr fromm, gläubig und voller Gottvertrauen. Und wenn Petrus einmal zu ihr sagt: ‚Komm!', möchte sie vom Himmel auf uns herunterschau'n.

Meine Mutter, sie ist jetzt 75 Jahre, hat kleine Fältchen und viele graue Haare. Sie ist hübsch und stolz wie eine Rose aus edlem Holz. Rosen liebe ich sehr, doch meine Mutter liebe ich viel, viel mehr."

In Papier eingewickelt habe ich später das Buch zwischen ihren alten Unterlagen gefunden. Es muss ihr wohl viel bedeutet haben.

Schwester Monika sollte auch so einen Rosenstrauß bekommen. Sie kümmerte sich immer so rührend um Mutter. Die anderen Schwestern standen ihr in der Leistungsbereitschaft nicht nach.

Kurz vor Mittag lief ich rüber zu Mutter. Sie lag noch im Bett. Es ging ihr nicht gut. Hatte ich sie angesteckt?

War sie erkältet? Hatte sie Grippe? Wie sollte ich es feststellen? Sie sprach ja fast gar nicht mehr.
Als ich den Rosenstrauß aufs Bett legte, sah sie mich an. Ein melancholischer, wissender Blick, den ich als „Bald habe ich es überstanden. Schau nicht zurück, schau nach vorn. Mein Leben ist zu Ende. Dein Leben geht weiter!" deutete.
Eine maßlose Traurigkeit überfiel mich. Wie werde ich mich fühlen, wenn Mutter nicht mehr da ist? Ich gönnte, wünschte ihr sogar den Tod, damit sie nicht mehr leiden musste. Andererseits war ich selbstsüchtig, wollte sie behalten, wollte sie weiterhin besuchen können.
Über eine Stunde habe ich bei ihr am Bett gesessen, ihre Hand gehalten und ihr etwas aus ihrem Leben erzählt.
„Weißt du noch, wie es war, als du frisch verheiratet warst? Ihr habt in Wilhelmshaven bei den Eltern deines Mannes gewohnt, auf dem Ausziehsofa im Wohnzimmer geschlafen. Während dein Mann auf der Arbeit war, er hatte eine Stelle als Bote bei der Stadt bekommen, verbrachtest du die Zeit mit deiner Schwiegermutter. Du hast ihr beim Saubermachen geholfen und gingst für sie einkaufen, während sie für ihre Kunden Kleider genäht oder umgearbeitet hat, damit etwas Geld in die Haushaltskasse kam.
Du hast mir berichtet, dass damals die Menschen vor jedem Geschäft Schlange stehen mussten. 1945 hatten alle Hunger. Kartoffeln konnte man sehr selten bekommen und wenn, dann höchstens ein Pfund für

die ganze Familie. Brot, Butter und etwas Fleisch, meistens Pferdefleisch, gab es nur auf Lebensmittelkarten.

Manchmal alberten die Brüder deines Mannes beim Essen herum, scharrten unter dem Tisch mit den Füßen, weil sie wussten, dass du eigentlich kein Pferdefleisch essen wolltest. Dein Schwiegervater schimpfte mit ihnen. Er sorgte sich um dich, weil du immer dünner wurdest. Damals warst du fast so dünn wie heute."

„Da war ich noch jung, hatte mehr Kraft", flüsterte Mutter.

„Das stimmt nicht ganz! Du warst zwar jung, aber auf Fotos aus der Zeit siehst du ziemlich schlapp und mitgenommen aus. Von Wassersuppe und einer Schnitte Brot mit Margarine morgens und abends konntest du nicht viel Kraft bekommen.

Du hast gesagt, dass dein Mann oft angeln ging, Fische, vor allem kleine Aale mitbrachte. Das war dann für alle ein Festessen, nur für dich nicht. Du fandest die gebratenen Schlangen gruselig, bekamst keinen Bissen davon herunter.

Ich finde, frisch gebratene Aale schmecken sehr gut, du hättest sie ruhig essen können. Aber du bekamst sogar Albträume von den Dingern. Erinnerst du dich?"

Mutter schüttelte den Kopf und leise fragte sie: „Woher weißt du das denn?"

„Du hast es mir erzählt. Deinen damaligen Traum werde ich so schnell nicht vergessen. Ich habe ihn fürs Familienalbum aufgeschrieben:

Es war Abend. Du saßest in der Küche auf dem kleinen Sofa in der Ecke. Gähnend kam dein Mann herein und gab seiner Mutter etliche Aale, die er nach der Arbeit geangelt hatte. Die schwarzen glitschigen Fische rutschten ihr aus den Händen und kringelten sich wie wild am Boden. Eilig streute Mutter Dora etwas Mehl darüber, ergriff sie blitzschnell, bohrte übergroße Heftzwecken durch die Schwänze und befestigte sie damit am Küchentisch. Dann nahm sie das große, scharfe Brotmesser, schnitt ihnen die Köpfe ab, nahm sie aus und legte sie in die heiße Bratpfanne. Die Aale wanden sich hin und her, drehten sich in der Pfanne, drehten sich zu dir hin und versuchten herauszuspringen.
Laut aufgeschrien hast du vor Schreck und bist wach geworden. Um dich zu beruhigen, hat dir Mutter Dora eine Tasse starken Ostfriesentee mit braunem Kandiszucker gereicht.
Damit immer heißer Tee auf dem Herd stand, gingen Dora und dein Mann spät abends in den Stadtwald, um Holz zu sammeln. Manchmal schnitten sie sogar Äste von den Bäumen ab. Das machten damals viele Menschen, man durfte sich nur nicht erwischen lassen.
Bei deinen Eltern auf dem Hof gab es immer genügend zu essen. Während des Krieges durften sie allerdings nur ein Schwein pro Jahr schlachten, die anderen mussten sie beim Ortsbauernführer abliefern. Aber der war weit weg und bekam nicht mit, wenn mitten in der Nacht eine fettgefütterte Sau heimlich geschlachtet wurde.

Kannst du dich noch daran erinnern?"
Mutter antwortete nicht. Sie war eingeschlafen und ich dachte: ‚Fast so wie bei einem Kind, dem man eine Gute-Nacht-Geschichte vorgelesen hat.'

Um 17 Uhr bin ich wieder rüber ins Heim gegangen. Mutter lag immer noch im Bett. Zusammen mit der Schwester setzte ich sie in den Rollstuhl und fuhr mit ihr in den Speiseraum.
Für eine halbe Schnitte Brot und zwei Becher Tee brauchte sie über dreißig Minuten und noch mal zehn Minuten, bis alle Tabletten geschluckt waren. Wie ein Häufchen Elend, völlig ermattet und schief, hing sie in ihrem Rollstuhl. Ich versuchte, sie gerade hinzusetzen, aber sie sackte immer wieder in sich zusammen. Schließlich stopfte ich ihr ein Kissen unter jeden Arm und brachte sie zurück ins Zimmer. Ich schob sie vor die Terrassentür, zog die Gardine zur Seite, zog den alten Velourssessel neben sie, setzte mich und legte meinen Arm um sie.
Schweigend schauten wir beide nach draußen, betrachteten die langsam untergehende, rötlich schimmernde Sonne. Die letzten Strahlen ließen die Blätter des Ahornbaums wunderschön bunt aufleuchten.
„Es ist kalt draußen. Wird bestimmt in der Nacht Frost geben. Ich muss morgen unbedingt die Stiefmütterchen einpflanzen, die ich gekauft habe."
„Auf unser Grab müssen auch welche drauf", kam es leise über ihre Lippen.

„Ich habe extra ein paar mehr gekauft, blaue und gelbe. Werde sie am Wochenende einpflanzen."
Dankbar drückte Mutter meine Hand. Es war schön, so neben ihr zu sitzen. Ich erzählte ihr, dass ich im Garten die letzten Rosen abgeschnitten und sie dann mit Erde angehäufelt hätte, damit sie im Winter nicht erfrieren würden.
Rosen waren von jeher Mutters Lieblingsblumen. Sie hatte sehr viele unterschiedliche Sorten im Garten. Ich lächelte in mich hinein und dachte an das Erlebnis vor drei Jahren.

Damals, im November, hatte Mutter behutsam und mit viel Geduld die rote Hochstammrose heruntergebogen und die Krone mit einem Gemisch aus Torf und Erde bedeckt, damit ihr die starken Nachtfröste nichts anhaben konnten.
Als die warme Frühjahrssonne die ersten grünen Knospen an den Zweigen der Bäume und Büsche hervorgelockt hatte, war Mutter wieder in den Garten gegangen und hatte die Rose aus ihrem dicken Winterbett befreit.
„Du kommst doch zu Ostern?", hatte sie mich gefragt. „Ich backe auch deinen Lieblingskuchen!"
„Sicher, den lasse ich mir nicht entgehen", hatte ich ihr am Telefon versprochen.
Ostersonntag war ich wie gewohnt durch den Garten gegangen. Ruckartig war ich stehen geblieben, einen Schritt zurückgegangen, hatte einmal, zweimal geschaut. Die Wurzeln der Hochstammrose hatten sich

widerspenstig zum Himmel gerankt. Ich habe damals nicht gewusst, ob ich lachen oder weinen sollte.

Beim anschließenden Kaffeetrinken hatte ich Mutter genau beobachtet. Geschickt hatte sie gefühlt, wo die Tasse stand, die Tülle der Kaffeekanne auf den Tassenrand gelegt und so den Kaffee eingegossen, ohne etwas zu verschütten. Sie hatte viele kleine Tricks und Hilfsmittel, die mir erst damals aufgefallen waren.

Seit ihrer Jugendzeit war Mutter auf dem linken Auge blind und auf dem rechten Auge ließ die Sehkraft auch immer mehr nach. Aber wer hätte gedacht, dass es so schlimm werden würde?

Als ich sie damals darauf angesprochen, ihr das Missgeschick mit der Rose erzählt hatte, war sie zunächst stumm geblieben. Dann hatte sie zugegeben, alles nur noch grau und schemenhaft zu sehen, und gemeint: „Solange ich mir noch helfen kann, bleibe ich alleine, bleibe hier wohnen. Was später werden soll, weiß ich nicht."

„Ich fahre mit dir zum Arzt. Du lässt die Augen überprüfen. Vielleicht hilft ja eine stärkere Brille."

„Nein, Anne! Vor Jahren hat mein Arzt mir schon gesagt, dass ich auf dem anderen Auge auch blind werde." Traurig hatte sie den Kopf gesenkt.

„Vielleicht kann das Auge operiert werden. Mit der neuen Lasertechnik gibt es inzwischen viel mehr Möglichkeiten."

„Und wenn es schiefgeht?" Mit Tränen in den Augen hatte sie mich angesehen. Ich hatte ihre Angst gespürt, sie in den Arm genommen und versucht, sie zu trösten: „Was hast du zu verlieren? Du kannst jetzt auch fast nichts mehr sehen. Ich finde, ein Versuch lohnt sich!"

Der schlimmste Augenblick für Mutter war dann gewesen, als ihr der Arzt den Verband einige Tage nach der Operation abgenommen hatte. Sie hatte sich nicht getraut, das Auge zu öffnen. Ich hatte ihre Hand genommen und sie gestreichelt. Schließlich hatte sich Mutter einen Ruck gegeben und mich angeschaut. „Mein Gott, du hast ja rote Haare!", hatte sie entsetzt gerufen. Erleichtert hatte ich aufgeatmet.

In jenem Sommer war die rote Hochstammrose besonders gut von ihr gepflegt worden.

Ich schaute zu Mutter. Sie atmete inzwischen ganz gleichmäßig. Sie schlief mit offenen Augen. Hatte ich ihr beim Abendessen aus Versehen die Schlaftablette gegeben? Peinlich! Der Hausarzt war für den Abend bestellt.

Eine Viertelstunde später kam er in Begleitung der Schwester ins Zimmer und wollte Mutter untersuchen. Da sie inzwischen tief und fest schlief, wurde nicht allzu viel daraus. Gemeinsam gingen wir die Liste der einzunehmenden Tabletten durch. Etliche Medikamente konnten abgesetzt werden. Da sie so viel abgenommen hatte, sie wog nur noch 42 ½ kg, verordnete er ihr einen Tropf, den die Schwester nachher anschließen sollte.

„Das Beste für Ihre Mutter wäre, sie käme ins Krankenhaus. Dort könnte man sie besser versorgen!"

„Nein, das möchte ich auf gar keinen Fall. Wenn, dann soll sie hier in Ruhe sterben." Ich öffnete die Nachttischschublade, nahm die Patientenverfügung heraus und zeigte sie ihm.

Die Schwester schüttelte den Kopf und meinte: „Sie rappelt sich bestimmt wieder auf. Mal sehen, wie ihr der Tropf bekommt, wie es ihr morgen früh geht."

Mutter bekam von allem nichts mit. Sie merkte nicht einmal, dass die Schwestern sie auszogen, ins Bett legten und den Tropf anschlossen.

Vorsichtshalber rief ich meine Schwester an. „Wenn du Mutter noch mal sehen willst, solltest du sie morgen besuchen. Ich glaube, sie lebt nicht mehr lange."

Samstag, 11. Oktober

Telefonanruf von Eva: „Wie geht es Oma?"

„Erkundige dich selber bei ihr. Du hast doch Zeit genug", antwortete ich ihr. Aber sie wollte nicht. Fand es doof im Seniorenheim. Vom letzten Besuch hatte sie sich mindestens eine Woche lang erholen müssen. Mein Mann nahm mir das Telefon aus der Hand und schimpfte mit ihr über ihr Verhalten, das ich auch nicht gutheißen, aber zumindest zum Teil verstehen konnte.

Kurze Zeit später rief Tina an: „Urlaub beendet. Bitte holt uns gegen 10 Uhr aus Köln ab. Übrigens ... Wie geht es Oma?"

„Nicht so gut!" Ich berichtete ihr, was der Arzt gestern Abend gesagt hatte.

„Ich hätte doch den Urlaub absagen sollen", meinte Tina.

„Unsinn! In ihrer derzeitigen Verfassung könnten wir sie zu Hause gar nicht pflegen!"

Mein Mann zog seine Jacke an, holte das Auto aus der Garage und fuhr nach Köln. Er freute sich schon darauf, seinen Enkel wiederzusehen.
Ich ging rüber zu Mutter. Der Tropf hatte gewirkt. Sie fühlte sich nicht mehr so matt und lustlos.
„Tina und Noah kommen heute wieder."
An Mutters Augen erkannte ich, dass sie sich darüber freute.
Wieder zu Hause angekommen, begann ich, das Mittagessen vorzubereiten und Kuchen zu backen für den Nachmittag.
‚Wann kommt der Tag, an dem ich nicht arbeiten muss, an dem ich stundenlang faul auf dem Sofa liegen und fernsehen kann?', schoss es mir plötzlich durch den Kopf.
Kurz nach 12 Uhr fuhr mein Mann auf den Hof. Tina sprang aus dem Auto und stand braungebrannt vor der Tür. „Passt du auf Noah auf, Mama? Ich will gleich zu Oma." Sie war nicht zu bremsen.
Ich befreite den Jungen aus seinem Kindersitz, nahm ihn in den Arm und drückte ihn. „Na Noah, hast du Oma vermisst?"
Ich bekam etliche Küsschen und dann war Opa an der Reihe.

Als Tina wieder zu uns kam, berichtete sie: „Oma war ganz aufgeregt. Ich habe sie umarmt und ihr einen

Kuss gegeben. Dann musste ich ihr alles über unseren Urlaub erzählen. Sie hat auch nach Noah gefragt. Zusammen mit dem Kleinen werde ich sie am Dienstag besuchen. Ich glaube, Oma lebt nicht mehr lange. Sie ist so dünn, so zart und gebrechlich geworden."
Meine Tochter hatte endlich eingesehen, dass ihre Oma im Seniorenheim bleiben musste, dass es nicht anders ging. Auch das ein Grund zur Freude.

Gegen Abend besuchte ich Mutter. Sie saß in ihrem Rollstuhl im Flur zum Speiseraum und wirkte auf mich wie ein kleines, gefangenes Mäuschen. Ihre dünnen grauen Haare und die inzwischen viel zu große, graue Strickjacke unterstützten noch den Eindruck. Nachbarn oder Freunde würden sie kaum wiedererkennen.
Ein leichter Zug um ihre Lippen sagte mir, dass sie mich erkannt hatte und sich freute. Ich begrüßte sie, strich ihr liebevoll über die Wange, schob sie in den Speiseraum an ihren Platz und band ihr das Lätzchen um. Dann schnitt ich das Brot in winzige Häppchen, fütterte sie und reichte ihr die Schnabeltasse an. Dabei musste ich aufpassen, dass sie sich nicht verschluckte.
Von zu Hause hatte ich Babybrei mitgebracht, verrührte ihn mit heißem Wasser und bot ihn ihr als Pudding zum Nachtisch an. „Du musst ihn essen. Er schmeckt gut und ist sehr nahrhaft."
Mutters Mitbewohner waren heute nicht gut drauf. Fast alle mussten gefüttert werden. Eine Frau kniff den Mund fest zu, wollte partout nicht essen. Die Schwester überlegte, ob sie eine Magensonde legen sollten,

Zwangsernährung nennt sich so etwas. Schließlich kann man die Patienten nicht verhungern lassen. Meine Mutter aß wie ein Vögelchen. Sie wollte nicht essen, wollte sterben. Sie hatte zum Leben keine Kraft mehr! Müsste sie auch eine Magensonde haben? Gegen ihren Willen? War so etwas Freiheitsberaubung? Ich hatte alle Vollmachten. Ich musste für sie entscheiden. Ich war aber der Meinung: Solange sie überhaupt etwas essen und trinken würde, sollte es ausreichen. Ich wollte sie zu nichts zwingen. Auch ich wollte in den wichtigsten Entscheidungen des Lebens nicht bevormundet werden.

Nach dem Essen tupfte ich ihr den Mund ab, nahm das Lätzchen weg, setzte sie etwas gerader in den Rollstuhl und brachte sie zurück aufs Zimmer.

Ich schob sie wieder vor die Terrassentür, setzte mich zu ihr, hielt ihre Hand, sah sie an und sagte: „Deine Haare sind so dünn geworden, sie sitzen überhaupt nicht mehr. Soll ich dir morgen deine Perücke mitbringen?"

Mutter zuckte die Achseln. Es war ihr wohl egal.

Früher war sie jede Woche zum Friseur gegangen, hatte sich sogar die Haare färben lassen, damit sie jünger aussehen würde. Dezentes Make-up und modische Kleidung hatten ihre äußere Erscheinung abgerundet. Besonders schick sah sie im dunklen Rock, rosa Pullover, mit Perlenkette und Perlenohrringen aus. Perlen gehörten zu ihrem Lieblingsschmuck. Sie besaß sogar einen Rosenkranz aus echten Perlen.

„War die Nonne vom Kloster heute da und hat mit dir gebetet?" Mutter nickte nur. Warum fiel es ihr so schwer zu sprechen? War die Demenz oder Parkinson daran schuld?

So wie äußerlich verlangsamten sich vielleicht auch die inneren Organe, und auch die Stimmbänder wurden in Mitleidenschaft gezogen. Welch furchtbare Krankheit!

„Schau, es fängt an zu regnen!"

Ich zeigte auf die Terrassentür. Dicke Tropfen prallten gegen die Scheibe, liefen in kleinen Bächen herunter und sammelten sich auf der Terrasse zu einer Pfütze. Das eintönige Geprassel machte auf Dauer müde. Mutter fing auch schon an zu gähnen. Als die Schwestern kamen, um sie für die Nacht fertig zu machen, verabschiedete ich mich von ihr. „Schlaf gut und träum was Schönes. Tschüss bis morgen."

Gut, dass mein alter Anorak eine Kapuze hatte. So blieben wenigstens meine Haare trocken, als ich zu unserem Haus lief.

Sonntag, 12. Oktober

Mit der Zeitung unterm Arm ging mein Mann rüber zu Mutter. Nach einer Stunde war er wieder da, benahm sich eigenartig.

„Ist was?", neugierig sah ich ihn an.

„Mir ist noch ganz komisch. Ich musste mich zu Mutter hinunterbeugen, damit sie mich umarmen konnte. Das heißt: Mehr oder weniger habe ich sie umarmt, da sie keine Kraft in den Armen hat. Eigenartig! Das hat sie noch nie gemacht. Es kam mir vor, als wolle sie sich von mir verabschieden."

„Das meinst du nur!" Ich konnte mir nicht vorstellen, dass sie heute oder morgen sterben, plötzlich nicht mehr da sein würde.

Als ich nachmittags zu Mutter kam, lag sie angezogen im Bett, sah richtig rosig aus. Ich strich ihr über die Wange. „Du bist ja ganz heiß. Ist ja auch viel zu warm mit dem dicken Oberbett." Ich zog das Bett bis ans Fußende zurück. Mutter atmet auf und deutete auf die Wasserflasche.

Ich goss ihr etwas Wasser ins Glas und reichte es ihr an. Anschließend fütterte ich sie mit einer Banane, die ich von zu Hause mitgebracht hatte. Sie schaffte nur eine Hälfte. Den Rest aß ich auf. Leise bedankte sich Mutter für meine Hilfe.

„Ist doch selbstverständlich. Früher hast du mich gefüttert, jetzt ist es halt umgekehrt."

„Ich bin zu nichts mehr zu gebrauchen. Nicht mal alleine umdrehen kann ich mich", flüsterte sie.

‚Schrecklich, wenn man so hilflos ist', dachte ich. Im Notfall hätte sie nicht einmal mehr Kraft, den Klingelknopf zu drücken, damit Hilfe käme.

Zur Abendbrotzeit läutete ich nach der Schwester und gemeinsam setzten wir Mutter in den Rollstuhl. Behutsam schob ich sie über den langen Flur zum Speiseraum. An ihrem Platz stand schon alles bereit: halbe Schnitte Brot mit Wurst, eine in Scheiben geschnittene Gewürzgurke, Tee und eine kleine Schüssel mit Milchsuppe. Das Brot schob Mutter zur Seite. Sie wollte nur die Milchsuppe essen und den Tee trinken.

„Der schmeckt auch besser als immer nur kaltes Wasser. Nicht wahr, Mutter?"
Ihr den Tee einzuflößen, erwies sich als schwierig. Immer wieder verschluckte sie sich, röchelte, rang nach Luft, versuchte zu husten, aber mehr als ein Räuspern brachte sie nicht zustande. Ich bekam Angst, hob ihre Arme hoch und klopfte ihr auf den Rücken. Allmählich beruhigte sie sich.
Später schob ich Mutter mit dem Rollstuhl vor die Terrassentür, zog die Gardine zur Seite und gemeinsam schauten wir nach draußen.
Schade, dass sie nicht mehr recht reden, sich nicht mehr unterhalten konnte. Wiederum war es aber auch schön, stumm neben ihr zu sitzen und ihre Nähe zu spüren. So nah waren wir uns selten gewesen.
Wir beide waren uns vom Wesen her sehr ähnlich. Starke Frauen, die wussten, was sie wollen und das auch durchsetzen konnten. Darum gab es früher öfter Streit zwischen uns, besonders während meiner Pubertät. An eine Szene konnte ich mich noch lebhaft erinnern. Sie zog in diesem Moment der Nähe als Erinnerung auf.

In Begleitung kam ich von einer Tanzveranstaltung aus dem Festsaal unseres Dorfes nach Hause. Die Haustür wurde aufgerissen, meine Mutter holte aus und es setzte zwei schallende Ohrfeigen. Ihr Pech war, dass nicht ich vor der Tür stand, sondern ein flüchtiger Bekannter. Freiwillig hatte er sich angeboten, mich nach Hause zu begleiten. Erschrocken rieb er nun seine

Wange, während Mutter sich stotternd entschuldigte, mich ins Haus zerrte und energisch die Tür schloss.
„Du spinnst wohl. Was sollte das eben?" Ärgerlich hatte ich mich von ihr losgerissen und sah sie nun mit blitzenden Augen an.
„Du bist zu spät. Es ist 22:15 Uhr."
„Besser eine Viertelstunde zu spät, als in der Dunkelheit alleine nach Hause zu gehen", rief ich aufgebracht.
„Schrei nicht so. Wer schreit, hat unrecht!", fuhr Mutter mich an.
„Diesmal wohl nicht. Du hast mich blamiert. Was glaubst du, was meine Freunde dazu sagen! Die lachen mich bestimmt aus und nach Hause bringt mich auch keiner mehr." Wütend begann ich zu heulen und schluchzte: „Hoffentlich werde ich das nächste Mal entführt!"
Es war gemein von mir gewesen, das hatte ich auch damals genau gewusst. Mutter hatte sich Sorgen gemacht, auf mich gewartet. Und ich ... Ich hatte ihr eine Sorge abnehmen wollen, indem ich mich hatte nach Hause bringen lassen. Dabei hatte ich den jungen Mann eigens überreden müssen, für mich die Tanzveranstaltung etwas früher zu verlassen.
Damals war ich 17 oder 18 Jahre alt. Ich wollte mich nicht mehr regelmäßig unterordnen, wollte meine eigenen Ideen durchsetzen. Von klein an hatte ich vieles selber machen müssen, war daran gewöhnt. Oft war ich wochenlang bei meiner Tante, Mutters ältester Schwester, die Witwe war und keine Kinder hatte. Als

Mama-Tante starb, war ich sehr traurig. Meine Mutter hatte wenig Zeit für mich. Sie musste sich um die Landwirtschaft und um meine kleine Schwester kümmern. Damals hatte ich das nicht verstanden, hatte mich abgeschoben und vernachlässigt gefühlt.

Ich nahm Mutters kraftlose Hand in meine. Hielt sie, streichelte sie sanft und erzählte ihr dabei vom Herbst, von den vielen bunten Blättern. Von den kleinen schleierartigen Spinnweben, die, vom Tau benetzt, auf den Sträuchern, Büschen und Gräsern im Morgenlicht glitzerten, wenn ich in der Früh die Fenster öffnete und in den Garten schaute. Von der wärmenden Sonne, die den müden Knochen gut tut, und dass ich sie morgen mit dem Rollstuhl in den Garten fahren würde, damit sie sehen könne, wie schön bunt alles sei.
Bevor ich ging, probierte ich, Mutter die Perücke aufzusetzen. „Vorne sind die Haare zu dicht. Muss sie ausdünnen lassen, dann geht es. Oder doch besser ohne? Mal schauen."
Ich war schon an der Außentür, als Schwester Monika hinter mir herrief: „Ihre Mutter braucht neue Windelhosen!"

Montag, 13. Oktober
Mein Mann ging einkaufen. Auf dem Rückweg besuchte er Mutter. Zusammen mit den anderen Bewohnern saß sie im Wohnzimmer. Die alten Menschen bekamen eine lustige Geschichte vorgelesen.

„Anne und ich kommen am späten Nachmittag vorbei", flüsterte er Mutter zu, winkte kurz und ging wieder.
Nach dem Mittagessen fuhren mein Mann und ich nach Bissendorf. Während er den Rasen mähte, befreite ich den Vorgarten und das Gemüsebeet vom Unkraut. Auf die Dauer war es zu beschwerlich für mich. ‚Vielleicht sollte ich doch im nächsten Jahr die hintere Gartenhälfte verkaufen?', überlegte ich. ‚Dann hätte ich auch genügend Geld für die notwendigen Renovierungsarbeiten am Haus.'
Gegen 16 Uhr machten wir Schluss, damit wir pünktlich zum Abendessen bei Mutter sein konnten.
Auf dem Nachhauseweg klingelte das Handy. „Wo seid ihr bloß?! Das Seniorenheim hat dauernd versucht, bei euch anzurufen. Aber niemand geht ran", sagte Eva erregt.
„Wir sitzen im Auto, sind schon fast wieder zu Hause. Wir haben in Bissendorf den Rasen gemäht. Bei dem lauten Motorengeräusch hört man das Telefon nicht. Was gibt es denn so Dringendes?"
„Die vom Heim haben bei mir angerufen. Oma liegt im Stadtkrankenhaus. Sie hat sich heute Nachmittag beim Kaffee verschluckt. Fahrt bitte sofort hin!"
„Schrei nicht so ins Telefon, Eva. Ich bin nicht schwerhörig."
Mit normaler Lautstärke bat sie: „Ruf mich nachher sofort an, Mama, damit ich weiß, wie es Oma geht."
An der Rezeption fragten wir nach, in welchem Zimmer Mutter liegen würde. „Sie liegt auf der Intensivstation", war die Antwort.

Mein Mann wurde ganz hektisch, lief schon vor und klingelte an der Tür zur Station. Man sagte ihm: „Warten Sie im Vorraum, bis man Sie hereinruft."

‚Hoffentlich ist es nicht so schlimm mit Mutter', dachte ich und musste vor lauter Aufregung erst einmal auf die Toilette.

Wir warteten und warteten. Ungeduldig klingelte ich noch einmal. Fragte nach, wann wir denn zu Mutter ins Zimmer dürften, schließlich hätte man uns extra herbestellt. Um 19:30 Uhr, nach fast zwei Stunden, war es so weit. Mein Mann wollte nicht mit, traute sich nicht. Die Schwester begleitete mich ins Krankenzimmer.

Im dünnen weißen OP-Hemd lag Mutter im Bett, war an alle nur möglichen Geräte angeschlossen. Sie sah bleich und eingefallen aus.

Die Oberschwester erklärte mir die Situation. „Ihre Mutter hat sich an einem Kuchenkrümel verschluckt und bekam keine Luft mehr. Ein Pfleger versuchte, sie wiederzubeleben. Im Notarztwagen hat man sie sofort an das Beatmungsgerät angeschlossen. Damit die Lungen wieder richtig arbeiten, muss sie noch eine Weile an dem Gerät angeschlossen bleiben."

„O Gott, das ist aber nicht im Sinne meiner Mutter. Sie wollte so etwas nicht."

„Wenn wir in Holland wären, wäre die Sache einfacher. Hier können und dürfen wir die Geräte nicht einfach abstellen."

„Ich habe aber eine vom Notar beglaubigte Patientenverfügung. Wenn meine Mutter, so wie Sie sagen, nur

noch wie eine lebendige Tote weiterleben kann, möchte ich, dass die Geräte abgestellt werden."
„Wir müssen abwarten, was der Arzt sagt. Fahren Sie nach Hause. Sie können zu jeder Zeit anrufen und nachfragen, wie es ihr geht."
Fünfzehn Minuten bewusstlos, ohne Sauerstoff, dazu die Demenzerkrankung, da war sie bestimmt hirntot.
Von zu Hause aus faxte ich ihre Patientenverfügung zum Krankenhaus. Mutter sollte in Frieden sterben können, waren meine Gedanken.
Dann ging ich ins Seniorenheim, um mich nach dem Unfallhergang zu erkundigen. Schwester Beate, eine sehr liebe und nette Schwester, berichtete mir alles genau. „Ihre Mutter hat sich tatsächlich an einem Kuchenkrümel verschluckt, rang nach Luft und sackte bewusstlos zusammen. Ein Pfleger hat versucht, sie zu reanimieren, Mund-zu-Mund-Beatmung. Da es nicht half, hat er sie an ein Sauerstoffgerät angeschlossen, bis der Notarzt kam. Eine Viertelstunde bewusstlos zu sein, ist aber zu lange." Schwester Beate begann zu weinen. „Ich habe sie ganz normal gefüttert. Ich kann nichts dafür", schluchzte sie.
„Machen Sie sich keine Vorwürfe. Als ich ihr gestern Abend etwas zu trinken gab, hat sie sich auch verschluckt. Es war eben Schicksal. So schrecklich, wie es sich auch anhört, aber ich wünschte mir sogar, dass sie nicht mehr aufwacht. Sie wäre endlich erlöst von ihrem Leiden." Ich nahm Schwester Beate in den Arm, und wir trösteten uns gegenseitig.

Gegen 22 Uhr rief ich im Krankenhaus an. Mutter ging es gleichbleibend schlecht. Wenn es schlimmer würde, würden sie zurückrufen, war die Antwort.

22:30 Uhr
Das Telefon läutete. „Bitte kommen Sie sofort!"
Quer durch die Stadt dauerte es zwanzig Minuten. Eilig stellten wir das Auto auf dem Vorplatz ab, rannten zur Tür, weiter zur Intensivstation und klingelten! Keiner öffnete ...
Im Vorraum haben wir gewartet. Warten und nochmals warten. Wie ein aufgescheuchtes Huhn lief ich hin und her. Ich klingelte noch einmal an der Tür. Wieder keine Reaktion. Ich nervte die vorbeigehende Ärztin. Schließlich sollten wir ja umgehend kommen.
Nach einer halben Stunde öffnete sich endlich die Tür und eine Schwester kam heraus. Bevor sie etwas sagen konnte, fauchte ich sie an, beschwerte mich, war wütend und total durcheinander!
„Entschuldigung! Ihre Mutter ist vor einer halben Stunde gestorben. Wir mussten sie erst etwas zurechtmachen."
„Das hätten Sie uns auch gleich sagen können."
Kleinlaut entschuldigte ich mich für meine heftige Reaktion.
„Wollen Sie Ihre Mutter noch sehen?"
„Natürlich wollen wir das", antwortete ich ungehalten.
„Na ja, viele Angehörige lehnen das ab."
„Wir nicht!"

Mein Mann wollte Mutter auch noch einmal sehen und kam mit. Wir setzten uns zu ihr ans Bett. Sie hatten Mutter die Haare gekämmt, das Nachthemd geradegezogen und die gefalteten Hände auf die Bettdecke gelegt.
Erlöst und friedlich sah sie aus. Sie wirkte auf mich wie eine der alten weisen Frauen aus den keltischen Sagen um Avalon, die ich vor einiger Zeit gelesen hatte.
„Darf ich sie berühren?", fragte ich die Schwester.
„Wenn Sie es mögen, keine Angst davor haben."
Irritiert sah ich sie an. „Warum sollte ich Angst haben? Es ist meine Mutter!"
Sanft strich ich ihr über die Wange, über ihre Hände. ‚Mach's gut, Mama.' Stumm schaute ich sie an. Ob sie uns wohl sah? Oder schwebte ihr Geist schon irgendwo im Universum? War sie bei meinem Vater, bei den anderen verstorbenen Verwandten? Selber glaube ich nicht so recht an den Himmel.
Auf dem Nachttisch standen eine dicke brennende Kerze und ein geschnitztes Holzkreuz. Das passte zu unserer Mutter. Sie war immer sehr fromm gewesen.
Mir kamen die Tränen, obschon ich mir sagte: ‚Jetzt geht es ihr gut.' Es war halt traurig, dass ich sie nie wieder in den Arm nehmen, nie wieder würde mit ihr sprechen können. Jedenfalls nicht persönlich.
„Danke, Mama. Danke für deine Liebe und Hilfe in jeder Situation. Du warst eine einfache, aber starke Frau. Hast viel für deine Mitmenschen getan. Wenn ich dich jetzt ansehe, scheint es, als lächelst du. Darum wirst du auch verstehen, dass ich jetzt nach Hause gehen und

einen Schnaps trinken muss. Mir ist übel und ich habe Magenschmerzen von der ganzen Aufregung. Morgen früh kümmere ich mich um deine Beerdigung. Vielleicht sitzt du dann auf einer der rosa Schäfchenwolken und schaust von oben zu, ob ich alles richtig mache. Tschüss und auf Wiedersehen. Irgendwann … Ich hab dich lieb!", murmelte ich vor mich hin.
Mein Mann schnäuzte in sein Taschentuch, während ich meine Tränen mit der Hand wegwischte. Arm in Arm verließen wir das Sterbezimmer und fuhren nach Hause.
Als Erstes rief ich Schwester und Schwager an und teilte ihnen mit: „Mutter ist soeben friedlich eingeschlafen."
Als meine beiden Töchter hörten, dass Oma gestorben war, meinten sie: „Wir sind sehr traurig, aber für Oma ist es so viel besser."

Am nächsten Morgen bin ich früh aufgestanden und habe das Bestattungsinstitut angerufen. Um 10 Uhr kam Herr Hark vom Institut, um alles mit uns zu besprechen. Schwester und Schwager waren auch gekommen. Gemeinsam suchten wir die passende Anzeige für die Tageszeitung und den Text für die Karten aus, die umgehend gedruckt werden sollten.
Wir haben viele Verwandte, Bekannte und Nachbarn. Meine Schwester bat mich, ich solle mich um alles kümmern und auch beim Gärtner einen Kranz für sie bestellen. Rote Rosen und weiße Lilien möchte sie haben.

Für die Enkel und Urenkel bestellte ich einen Kranz aus Heidekraut, rosa Winterastern und rosa Rosen. Für uns suchte ich cremefarbene Rosen und dazupassende Gerbera aus.

Gegen Mittag musste ich Mutters Zimmer im Seniorenheim räumen. Im Flur traf ich auf Schwester Bärbel, die nette Polin, die aus Masuren stammt. Sie umarmte mich. „Bis auf ein paar Ausrutscher war Ihre Mutter eine feine, liebe Frau. Ich mochte sie sehr gern." Tränen kullerten ihr über die Wange.

„Wir haben mit Mutters Tod gerechnet. Sie wollte sterben, hatte keine Kraft mehr. Es ist schon so in Ordnung", tröstete ich sie.

Zusammen mit meinem Mann fuhr ich anschließend nach Bissendorf. Er hat den Rasen zu Ende abgemäht, und ich habe Mutters Stammbuch gesucht, eine nicht ganz leichte Aufgabe, da sie ja in der letzten Zeit immer alles versteckt hatte.

Wieder zu Hause angekommen, wartete Herr Hark schon auf uns, um uns die Trauerkarten zu geben. Ich überreichte ihm Mutters Kleidung, in der sie beigesetzt werden sollte: Unterwäsche, hochgeschlossene weiße Bluse, schwarze Hose und weiße Wollsocken. Die Socken hatte sie letztes Jahr extra dafür gestrickt. „Ich möchte warme Füße haben. Du musst mir versprechen, dass ich sie auch anbekomme."

„Wenn es sein muss, bitte! Aber du merkst sowieso nichts mehr davon", hatte ich geantwortet.

Bis wir alle Trauerkarten fertig geschrieben hatten, war es 22 Uhr. ‚Hoffentlich habe ich niemanden vergessen', dachte ich. Zwischendurch rief ich Verwandte an, um zu wissen, wer zur Beerdigung kommen würde, um für den nächsten Tag genügend Kaffee und Kuchen zu bestellen. Bei uns auf dem Dorf legt man großen Wert auf den Beerdigungskaffee. Schließlich sieht man sich fast täglich und jeder kennt jeden, anders als in der Großstadt, wo alles anonymer ist.

Mittwochmorgen fuhren mein Mann und ich zum Pastor, Lieder und Gebete für die Trauerfeier auszusuchen. Wir fanden es bedauerlich, dass in der Friedhofskapelle kein Harmonium stand. Aus Erfahrung weiß ich, dass Gesang ohne Begleitung nicht besonders schön ist.
Anschließend schauten wir noch bei Tina vorbei. Eva war auch da und mühte sich mit Noah ab, der dauernd fragte: „Warum liegt Oma in der Friedhofskapelle? Ich denke, sie ist im Himmel!"
Für einen Dreijährigen eine schwierige Angelegenheit. Er meinte auch: „Die Wohnung oben ist doch jetzt leer. Können wir uns nicht eine neue Oma besorgen?"
„Mal sehen, mein Schatz!", meinte Eva und verkniff sich das Lachen.
Ich brachte noch schnell die Totenbriefe zu den Nachbarn, die genau wissen wollten, wie und wann Mutter gestorben war.
Dann fuhren mein Mann und ich zur Friedhofskapelle. Der Bestatter hatte sich Mühe gegeben, Mutter sah richtig schön aus. Ich zupfte ihr noch den Kragen der

Bluse etwas höher und machte zum Andenken ein Foto.

Nachmittags brachte Herr Hark die Sterbeurkunden, und als Geschenk für mich ein kleines Buch mit wunderschönen Sprüchen, die ich als sehr tröstlich empfand.
Eine der Urkunden brachte ich ins Seniorenheim. Dort traf ich Schwester Beate. Wir umarmten uns, dann berichtete sie mir: „Herr Vellhölter ist am gleichen Tag gestorben wie Ihre Mutter. Er saß im Speiseraum einen Tisch hinter ihr, hatte genau wie sie Demenz und gleichzeitig Parkinson. Diese Patienten reagieren auf alles zu langsam. Sie können schlecht laufen, Arme und Hände nur in Zeitlupe heben. Kauen und schlucken ist für sie anstrengend. Der Reflex beim Schlucken, der die Luftröhre schließt, ist inzwischen zu langsam. Dadurch bleibt die Luftröhre offen, Speisen und Flüssigkeiten dringen ein. Die Patienten verschlucken sich, ringen nach Luft. Gesunde Menschen würden einmal kräftig husten und alles wäre wieder in Ordnung. Kranke haben nicht die Kraft dazu. Sie werden ohnmächtig und ersticken im schlimmsten Fall, so wie Ihre Mutter. Es tut mir wirklich sehr leid."
Wenn jemand stirbt, fühlt sie immer mit, und das nach all den vielen Arbeitsjahren. Schwester Beate werde ich immer in guter Erinnerung behalten.
Im Nachhinein weiß ich, dass Mutter in den letzten Tagen jegliche Kraft verloren hatte und deshalb nicht mehr sprechen konnte. Als sie mich mit traurigen Au-

gen ansah, hatte sie da von mir Abschied genommen? Bestimmt fühlte sie, dass es mit ihr zu Ende ging.
Gerne erinnere ich mich an die Zeit nach dem Abendessen, als wir beide gemeinsam in ihrem Zimmer saßen, sie im Rollstuhl mit der Decke auf den Knien und ich in ihrem alten Velourssessel direkt neben ihr. Schweigend haben wir in den Garten geschaut. Ab und zu habe ich ihr etwas erzählt, ihre Hand gehalten, und manchmal hat sie sacht meine Hand gedrückt. Still nebeneinander und doch innig verbunden. Eine Nähe und Zuneigung, die ich sehr vermissen werde.

Am Donnerstag hatte ich viel Schreibkram zu erledigen. Dabei stellte ich fest, dass ich Totenbriefe für zwei neu zugezogene Nachbarn vergessen hatte und brachte sie schnell zur Post.
Mit den engsten Nachbarn trafen wir uns gegen 18 Uhr zum Beten in der Friedhofskapelle. Der Bestatter hatte den Sarg vorher verschlossen. Schwester und Schwager waren auch da.

Freitag, 17. Oktober
Nun kam der Tag, an dem Mutters Beerdigung stattfinden würde. Für unsere Familie hatte ich aus roten Rosen kleine Handsträuße gebunden. Dann rief ich beim Pastor an und fragte nach, ob ich in der Kapelle für Mutter ein Gedicht vorlesen darf. Er lehnte das kategorisch ab. Es war ihm nicht christlich genug. Wir einigten uns, dass ich das Gedicht vor Beginn der Trauerfeier lesen würde.

Es war ein schöner Herbsttag mit viel Sonnenschein. Etwas kalt, das machte aber nichts, denn ich zog meinen dicken schwarzen Wintermantel an. Auf Beerdigungen friere ich immer, selbst im heißesten Sommer. Als sich um 14:30 Uhr die Friedhofskapelle gefüllt hatte, alle Trauergäste anwesend waren, trat ich an das Pult und mit zittriger Stimme las ich mein Abschiedsgedicht für Mutter.

„Hast du Angst vor dem Tod?", fragte der kleine Prinz die Rose. Darauf antwortete sie: „Aber nein. Ich habe doch gelebt. Ich habe geblüht und meine Kräfte eingesetzt so viel ich konnte. Und Liebe, tausendfach verschenkt, kehrt wieder zurück zu dem, der sie gegeben. So will ich warten auf das neue Leben und ohne Angst und Verzagen verblühen."

(Rosengedicht aus „Der kleine Prinz" von Antoine de Saint-Exupéry)

Soweit ich es einschätzen konnte, kam das Gedicht bei den Nachbarn, Bekannten und Verwandten gut an. Ihnen war es wohl christlich genug.
Nachdem der Pastor den Sarg eingesegnet hatte, sprach er zwei kleine Gebete. Dann gingen wir hinter dem Sarg, der von den Angestellten des Beerdigungsinstituts getragen wurde, bis zum Grab. Noch ein Segen mit viel Weihwasser, ein ‚Vater unser' und fertig. Keine Zeit für Gefühle. Nicht mal die Hand hatte uns

der Herr Pastor gegeben und auch kein Beileid gewünscht.

Katholische Beerdigungen sind halt schlicht und einfach, aber dafür gibt es eine pompöse Messe für die verstorbene Seele, die dadurch angeblich eher in den Himmel kommt. Für Nichtkatholiken und trauernde Hinterbliebene oft nicht einfach zu verstehen.

In der Pfarrkirche wurde das Seelenamt gehalten. Bekannte, Verwandte, Nachbarn, Freunde und etliche Dorfbewohner waren anwesend. Das ‚Ave Maria', das ich für Mutter beim Pastor bestellt hatte, wurde so laut auf der Orgel gespielt, dass alle Anwesenden zusammenzuckten. Wahrscheinlich befürchteten alle, die Kirchendecke fiele gleich auf sie herab.

„So eine Beerdigung möchte ich für mich nicht haben, lieber lasse ich mich von einem freien Prediger beerdigen", flüsterte ich meinem Mann zu.

Vielleicht hatte mich der Pastor missverstanden, nicht richtig zugehört, als ich bei ihm eine ‚Stille Messe' mit einem ‚Ave Maria' bestellt hatte.

Später im Gasthaus beschwerten sich dann auch etliche Verwandte über das extrem laute Orgelspiel, fanden es unangebracht.

Nachdem die Kaffeetafel aufgehoben war, wir uns von allen verabschiedet hatten, gingen mein Mann und ich, Eva, Tina und Noah, der während der Beerdigungszeremonie bei einer Freundin war, noch einmal zum Grab, um uns in aller Ruhe von Mutter, von Oma zu verabschieden.

Der Kleine wollte zuerst nicht, hatte Angst. „Oma ist jetzt im Himmel. Hier in der Erde ist nur noch der Sarg." Ich sprach Noah Mut zu, nahm ihn fürsorglich an die Hand und zeigte ihm den Kranz mit seinem Namen auf der Schleife. Er freute sich, sah mich an und meinte: „Zusammen mit Mama werde ich für Oma unten in der Kirche eine Kerze anzünden, damit sie sieht, dass ich an sie denke."
„Darüber wird sie sich bestimmt freuen, mein Schatz."

Abends habe ich bei uns im Wintergarten gestanden, zum dunklen Nachthimmel geschaut, mir einen hellen Stern ausgesucht und mit Mutter gesprochen. „War schon ein komisches Gefühl, den Rosenstrauß auf deinen Sarg zu werfen. Aber sehr traurig bin ich nicht mehr. Ich weiß ja, dass du es jetzt besser hast. Fehlen wirst du mir trotzdem!"
Endlich konnte ich meinen Tränen freien Lauf lassen.

Epilog

Am Samstag, dem 18. Oktober hatte unser Enkel Geburtstag. Noah war jetzt drei Jahre alt. Mein Mann und ich waren zum Kaffee eingeladen. Tina hatte sich von oben Geschirr geholt und gesagt: „Hallo Oma, ich leihe es mir kurz aus."
Als wir ihre Wohnung betraten, hatten wir das Gefühl, sie säße im Wohnzimmer in ihrem Lieblingssessel und wartete auf uns.
Am Montag hatte ich alle Rechnungen vom Bestatter abgeholt und den Schlüssel für die Friedhofskapelle wieder abgegeben. Dann ging ich zum Friedhof, zu Mutters Grab, das inzwischen mit Erde aufgefüllt und mit Kränzen zugedeckt war, und nahm noch einmal in Ruhe von ihr Abschied.
In den nächsten Tagen kündigte ich Mutters Daueraufträge, löste ihre Konten auf und teilte das Restgeld und den wenigen Schmuck, den sie besaß, zwischen meiner Schwester und mir auf.
Außerdem sortierte ich Mäntel, Kleider, Hosen, Röcke und Blusen aus. Eine Bekannte nahm die Sachen mit nach Serbien. Dort unten freuten sich die Menschen über gut erhaltene Kleidung, waren dankbar dafür.
Schwager und Schwester waren da und hatten Kuchen mitgebracht. Nach dem Kaffee räumten wir gemeinsam Mutters Wohn- und Esszimmerschrank aus.
Mutters alten, weißen Flurschrank behielt ich für Tina. Den Rest teilte ich zwischen Kindern und Enkelkindern auf.

Mutters Lieblingsbild mit den rost-roten Pfingstrosen würde ich bei mir im Wohnzimmer aufhängen, da es farblich genau zu unserer Einrichtung passt.
Die anderen Bilder, einige gut erhaltene Möbel und den Kühlschrank mit Gefrierfach würde ich so nach und nach an Studenten verschenken, weil sie die Sachen bestimmt gut gebrauchen könnten.
Über Mutters Eigentum nachzudenken, es in Raten wegzugeben, bis nichts mehr davon übrig blieb, war eine unangenehme Pflicht, die mich traurig machte. Die Hälfte ihres Lebens hatte sie hier gewohnt, hatte Möbel und Teppiche nach ihrem Geschmack ausgesucht. Vater war es egal gewesen, ihm war nur ein bequemes Sofa wichtig.
Ihre vielen, oft selbst bestickten Tischdecken waren stets eine Augenweide gewesen, Grundlage einer schön gedeckten Tafel bei einem Kaffeeklatsch mit Nachbarinnen oder an besonderen Feiertagen für uns. Bei allen Dingen, die ich in die Hand nahm, fiel mir eine Geschichte, eine Begebenheit ein. Doch bald war die Wohnung ausgeräumt, war kalt und leer, so, als hätte es Mutter nie gegeben.
Was bleibt von einem geliebten Menschen? Erinnerungen an sein Leben, an gemeinsam verbrachte Stunden, an zärtliche Augenblicke, oder nur vergilbte Bilder und ein paar Andenken?
Tröstlich für mich ist, dass ich Mutters alte Fotoalben wiedergefunden habe. Fotos von ihren Großeltern, Eltern, Geschwistern, aus ihrer Jugendzeit, als Ehefrau und Mutter, von meiner Schwester und mir. So kann

ich ihr Leben jederzeit nachvollziehen, so wird sie für mich wieder lebendig.

Nach langem Herumstöbern fand ich zwischen Mutters vielen Papieren einen Spruch, den sie selber aufgeschrieben hatte und der mich sehr berührte. Ich würde ihn mit auf ihre Danksagungskarten setzen lassen.

> Ich hab das Leben überwunden
> ich bin befreit von Schmerz und Pein
> Denkt oft an mich in stillen Stunden
> und laßt mich immer bei euch sein

Spät war es geworden. Am Himmel glitzerten die ersten Sterne und der Mond erhellte unseren Wintergarten. Ich stand da und schaute hoch zum Firmament, redete mit den Verstorbenen und hatte das Gefühl, sie würden mich verstehen, würden mir bei meinen Sorgen und Wünschen helfen. Ich sprach auch mit Mutter. Erzählte ihr, was ich den ganzen Tag gemacht hatte. Ob sie mich hörte? Wer weiß ...

Internetseiten mit weiterführenden Hinweisen zur Thematik ‚Alzheimer, Demenz und Parkinson'

Deutsche Parkinson Vereinigung e. V.	http://www.parkinson-vereinigung.de/
Deutsche Parkinson Gesellschaft e. V.	http://www.parkinson-gesellschaft.de/
Kompetenznetz Parkinson	http://www.kompetenznetz-parkinson.de/
Wikipedia-Eintrag zur Parkinson Krankheit	http://de.wikipedia.org/wiki/Parkinson-Krankheit
Parkinson Selbsthilfe	http://www.parkinson-selbsthilfe.de/
Allgemeiner Parkinson-Ratgeber	http://www.parkinson-ratgeber.de/
Wikipedia-Eintrag zu Demenz	http://de.wikipedia.org/wiki/Demenz
Deutsche Alzheimer Gesellschaft e. V.	http://www.deutsche-alzheimer.de/
Kompetenznetz Demenzen e. V.	http://www.kompetenznetz-demenzen.de/
Aktion Demenz e. V.	http://www.aktion-demenz.de/
Forum für Ergotherapie bei Demenz	http://www.ebede.net/
Alzheimer Forschung Initiative e. V.	http://www.alzheimer-forschung.de/

Koch-Gosejacob, Anne
Der Fluch der Tochter
des Schmieds.
Historischer Roman.
Geest-Verlag 2009
4. Auflage
ISBN 978-3-86685-113-9
12,50 Euro

Osnabrück, zur Zeit des Dreißigjährigen Krieges. Die Bevölkerung leidet, was der machthungrige Bürgermeister Peltzer ausnutzt, um sich durch die Verfolgung von Hexen als starker Mann zu präsentieren. Währenddessen wächst die schöne Schmiedetochter Greta wohlbehütet auf und verliebt sich in einen Rittmeister der schwedischen Besatzungsmacht. Ihre Liebe beruht auf Gegenseitigkeit. Aus Eifersucht verleumdet ihre beste Freundin Ludeke sie als Hexe.
Gretas Leidensweg beginnt, doch ihre Rache ist schrecklich. Nach ihrem Tod, aus dem Zwischenreich heraus, holt sie sich daraufhin jeden männlichen Nachkommen Peltzers. Bis zur Geburt des kleinen Daniels ...
Voller Sorge um ihren Enkel erforscht Marie nun anhand von Aufzeichnungen der Ahnen die gewaltsamen Tode innerhalb der Familie und kommt zu einer ungewöhnlichen Lösung.
Eine spannende Familiensaga vom späten Mittelalter bis in die Neuzeit.